修仙農場
80
聽風就是雨 ◎著

目錄 CONTENTS

第一章

跑馬圈地

陳妍兒正在水潭旁打坐調息，不時地看向四周，特別是洞口附近，她負責這一段時間的警戒任務。

「王前輩。」見王浩出現，陳妍兒連忙起身見禮。

「嗯，陳道友不用這麼客氣，咱們私下還是道友相稱就好。」王浩擺了擺手，示意陳妍兒坐下，二人也算老熟人了，不用那麼大規矩。

「道友還是一如既往，小妹佩服。」陳妍兒從善如流，微微一笑。

王浩待人以誠，她若是一直客氣，反而疏遠了關係，二人境界相差很大，王浩也犯不著惺惺作態的跟她客氣。

「陳道友傷怎麼樣了？」王浩走到一塊大石旁坐下，隨口問道。

「還好，多虧王道友及時趕到，不然小妹恐怕已經被異族所殺。」

陳妍兒心有餘悸，他們這一行要是沒碰到王浩，可能很多人都活不下來，當時他們面對十幾位金靈族煉虛修士的圍攻，場面十分危險。

「對了王道友，這是我上次的收集的物資，其中有一團金屬性靈火。」

陳妍兒取出一個小瓶，打開之後，一縷金色靈焰飄了出來。

金靈族的修士很富有，身上往往有不少好東西，陳妍兒這些年的斬獲也不錯，這團金屬性靈火是她在之前的大戰中得到的，說到底還是沾了王浩的光，若不是王浩及時出現，她別說得到靈火了，便是逃離都困難。

除了金屬性的靈火，還有一具完整的七階古獸骸骨和兩塊金炎之晶，這都是上等的七階材料，是可以煉製出上品通天靈寶，甚至極品通天靈寶的。

還有一團稍次一些的冰屬性靈焰、一顆七階妖丹、一批庚金之晶、兩塊琳琅玉、一塊雷元晶、三株超過三萬年份的歸元草，與一株五萬年份的妖蕊花。

上次她求王浩為陳穎煉製渡劫用的寶物，所需材料陳家搜集了幾萬年之久，如今不過二十年時間，她就得到了數份價值相等的材料。

陳家沒有水準這麼高的煉器師，無法煉製上品通天靈寶，還不如送給王浩，改善兩家的關係。

陳家並非她一人的陳家，之前許多人生出了一些不該有的想法，但經過此次大戰，相信那些人也看明白了陳家和王家的差距。

做王家的附庸，是陳家的幸運。

陳妍兒一下拿出這麼多高階材料和靈藥，王浩也有些驚訝，特別是那團靈火，很是珍貴。

要知道靈火的數量稀少，並不容易得到，六階靈火的價值遠超尋常七階靈材，關鍵靈火是可以成長的，對修士好處多多。

王浩得到過不少靈火，但為了培養青蓮，先後都當作材料餵食了。

如今還剩下青蓮魔火、海心冰焰、太陰真火，以及盤踞在星銅骨燈中的青鸞真火，再就是已經給了王文的修羅業火和他自身凝練的鳳凰玄火和五行真火了。

其它諸如黑煞魔火等繳獲，先後都被青蓮吃掉了。

青蓮進階不易，吞噬大量靈火能夠加速進階所需要的時間。

金川和金露都擁有獨特的靈火，疑似七階靈火，可惜王浩不想金靈族大亂，沒有殺他們，從而搶奪過來。

除了靈火，陳妍兒拿出的其他東西也價值頗高，七階妖丹可以給火麒麟吞噬，對他進階有益處。

庚金之晶可以煉製飛劍類的通天靈寶，也可以凝練法相，歸元草煉製的歸元丹可以幫助合體修士純化法力。

雷元晶的用處更大，可以煉製一座法陣，類似鳳凰靈臺一樣，幫助修士渡劫，今後族人衝擊大境界，會簡單許多。

金靈族竊據中天大陸的富庶之地，底蘊深厚，煉虛修士擁有很多人族不敢想像的寶物。

可雖然這些寶物讓人心動，但王浩還是搖了搖頭，推辭道：「陳道友這是做什麼，妳繳獲的東西，自然是妳的，妳將王某當作什麼人了？」

身為此次的領隊，王浩的收穫要比陳妍兒大得多得多，百倍都不止，放在之前，他可能把持不住，可他剛盤點完秦琴等人的儲物法器，定力很高。

「這些東西本就是因王道友而得，自該歸王道友所有。」陳妍兒堅持道，除去這些頂級寶物，她手中還有不少其它寶物，獻出去並沒有那麼心疼。

「既然妳堅持，那王某就不客氣了，不過王某向來喜歡公平交易，此次妳陳家損失不小，等回去之後，妳可前來王家領取五份煉虛靈物。」

「另外，我看道友修為已經臻至圓滿，王某可以贈與妳一顆天陰果，對妳衝擊合體期有些幫助。」

王浩不再客氣，一揮手，一道霞光掠過，將寶物收了起來。

陳家有些人不聽話，但並不是所有陳家人都不聽話，陳家的底子很好，稍加扶持，發展速度會很快，對王浩將來的戰略有一定幫助。

通過武力震懾，再以聯姻等手段加以控制，王浩並不擔心陳家會反叛。

「多謝王道友，王道友的恩德小妹銘記於心。」陳妍兒起身一禮，感激道。

她此行是收穫很大，但並沒有對晉升合體有幫助的靈物，此類靈物有價無市，就是出數倍的高價，也沒人交易，她原本就想著從王浩手中交換，沒想到王浩會主動提出來。

「呵呵，道友不用謝了，無論外人怎麼看，王某一直將道友當作朋友。道友準備一下，咱們出來這麼久了，也該回去了，以道友立下的功勳，陳家百年內不用上戰場。」

王浩沉聲說道，陳家的幾位煉虛修士死在了金風嶺，命令是他下的，不管怎麼說，都有一定責任，王浩會給出一定補償，至少要做做姿態。

補償煉虛靈物是其一，讓陳家擁有一段休養生息的時間是其二。

王家想要擴大影響力，就不能只顧著自己，對待附屬勢力同樣不能吝嗇。

此外，這麼著急回去，也是他預料到五行靈族可能進一步的收縮防禦，大片的地盤就會讓出來，他在不在，王家佔據的份額會有很大差別。

陳妍兒點了點頭。「是，小妹知道了，我這就去收拾。」

水明島，明城的一座大殿中，紅鸞仙子坐在主位，白秋、季小棠、袁天一、李夫人等十幾位合體修士分坐四周。

季小棠剛進入合體期不久，幾乎是在場修士中實力最弱的，但她卻坐在僅次於紅鸞仙子的位置，跟左側的白秋相當，因為她代表的是王家，以王家一門六合體的實力，也沒人敢小覷她。

「近期五行靈族調動異常頻繁，根據幾支襲擾小隊傳回來的消息，他們內部遭受了重大損失，我這邊已經得到準確消息，五行靈族要撤軍了，他們會將外海和大部分內海讓出來。」紅鸞仙子率先開口道。

「可惜這邊沒有高價值的島嶼可佔據了，白白便宜了夜叉族和木族。」袁天一看著眼前的一張巨大地圖，皺眉說道。

整個水靈族的地盤九成都在海洋之中，人族稱之為雲華海域，水靈族叫做天蘊海，大致可分為核心祖地、內海、外海三部分。

其中外海部分面積最大，五行靈族的第一道防線之前就設在這裡，人族目前佔據的水天、水月、水明等島嶼便屬於外海區域。

外海並不是規則的圓環形，面向人族的這一側比較窄，大型島嶼的數量也少，面向夜叉族、木族等種族的方向比較寬闊，島嶼眾多，陸地面積比人族這邊多三倍不止。

「哼，誰說要便宜他們了？還有那些小族，我們三族出力最大，憑什麼讓他們撿便宜？」

「我已經跟夜叉族和木族的人說好了，我們三族之間，誰先佔據的地盤就是誰的，而後共同驅趕那些小族，你們馬上調集人手，準備去搶佔地盤吧。」

「事先說好，你們搶佔的地盤要上交一部分，畢竟之前定好的論功行賞，沒有地盤可不行，王道友等人在敵後行動，立下大功，咱們不能寒了有功之人的心。」

紅鸞仙子說出了一個讓眾人心驚的消息，跟夜叉族和木族談好了？什麼時候談的？他們怎麼不知道？

到底是大乘勢力的人，不聲不響做出這麼大事情。

「紅鸞道友，妳沒有開玩笑？夜叉族和木族肯讓我們前去搶地盤？」李夫人遲疑地問道。

「當然，這麼大的事情，我還能騙你們不成？不過話是這樣說，但相互之間難免會有摩擦，你們派出去的力量一定不能弱了。」

紅鸞仙子肯定的說道，佔據地盤可沒那麼簡單，需要佈置陣法，派遣高手駐守，只是丟個人過去，別的種族可不會承認地盤是你的。

夜叉族和木族肯同意這個條件，也是迫於無奈，五行靈族要撤退，讓出的地盤面積很大，他們一時間根本搶佔不過來，同時他們還有面對多目族和影族的威脅。

既然如此，還不如讓人族佔據一些。

這種便宜沒那麼好占，無論佔據多少地盤，人族的疆域都將射出去一塊，這無疑拉長了戰線，對人族是一種消耗。

但人族不佔據地盤，那就是拱手讓給其它種族，損失更大。

聽了這話，眾人紛紛答應下來，開玩笑，有便宜可占，還遲疑什麼？這些年，各大勢力死傷了不少修士，總要回口血的。

「事情就這麼定了，人手不夠，就從後方調集，大家儘快商議一下，定好方向，不要重疊，減少內耗，知道了嗎？」

紅鸞仙子警告道，人族勢力之間也不平靜，時常有小的摩擦，關鍵時刻，她不希望出現內鬥。

眾人默不作聲，此次作戰跟以往不同，看起來很輕鬆，跑馬圈地就行了，但事實上不會那麼簡單。

佔據地盤可能不難，但長期佔據是一個巨大考驗，防禦力量要投入許多，各種防禦設施也要加緊建設起來，這就需要轉移大量的修仙人口才行。

這樣一來，位置就很重要了，島嶼大小和靈脈優劣且不說，有些地塊跟異族接壤，危險程度高，有些地塊距離水明島等人族佔據的疆域比較近，運輸人員和物資比較方便，優劣並不相同。

這個時候，話語權就很重要了，王家、小極樂宮、天道宮以及雲霄宗所屬的淨明宗和宋家要爭奪最優地塊，陳家、玉女門等相對較弱的勢力也要爭搶相對沒有那麼危險的地區。

「大家不能光想著利益，也要考慮責任，咱們人族是一個整體，搶佔了多少地盤不是本事，能守住才是根本，我提議擁有兩位合體修士的勢力，必須在前線佔據一些地塊。」一見爭執不休，季小棠主動說道。

她的話讓不少人皺眉，越靠近前線，需要投入的防禦力量越大，收益就越低；不過卻有這樣做的必要，要是大勢力都躲在後面，前線防禦薄弱，小勢力即便迫於壓力不敢放棄，但也絕不會將重心轉移過去。

到時候防線一觸即潰，地盤又被異族搶了過去，他們這些大勢力所處地區不又變成前線了？

「季道友考慮得當，實力越強就應該承擔更多責任，我看就這麼辦吧，先選的人必須選最前方，但可以選擇最大地塊，最後選的人地塊最小，但相對最安全。」

紅鸞仙子注視著地圖，沉吟片刻。「雲霄宗就要這一片好了。」

「那我小極樂宮就去這邊吧。」白秋選擇了靠近雲霄宗側邊的位置。

季小棠也跟著選了一塊，有三大勢力打樣，剩下的人就好辦多了，按照實力依次選了一塊，先選的人要承擔責任，後選的地塊比較小，紛爭一下少了很多。

半個時辰後，經過一番唇槍舌劍，眾人都做出了選擇。

紅鸞仙子滿意的點了點頭，這件事要是辦成了，她紅鸞仙子之名必將響徹整個人族，雲霄宗便不會被王浩一人壓過風頭了。

「諸位，水靈族此次讓出的地盤很大，遠不止我們劃定的這些，我的意思是這些地盤必須佔領，剩下的大家可以各自謀劃，能占多少就是各位的本事了。」

李夫人聞言雙目中亮起光芒，問道：「敢問仙子，額外佔據的地盤，是否需要上交一部分？」

「不需要。」紅鸞仙子肯定地說道：「不過若是戰略位置比較重要，需要先拿出來供聯軍駐紮，就跟現在的水明島一樣，這方面本座要感謝王家。」

「不過是些許貢獻，不值一提，紅鸞仙子客氣。」季小棠謙虛道。

水明島的地理位置太好了，幾乎是新疆域的中心，之前五行靈族也拿這裡作為統治中心，戰事沒有結束，王家不可能完全私占。

況且，大軍駐紮也有好處，不然明城的建設不會那麼快，各種商路航線也不會搭建得那麼輕鬆。

總體上王家讓出了不少利益，比如給了各大勢力一些駐地和店鋪，這些都是永久免費的，但收益同樣巨大，完全可以彌補損失。

「這是應有之理，老身明白了。」

李夫人點了點頭，說實話，她很眼饞越來越雄偉的明城，可惜這次王家沒有讓李家參份子，若有機會，她也想利用某座島嶼，建設一座新城出來。

「防人之心不可無，雖然現在五行靈族是大敵，但諸位也要防著木族和夜叉族，以及虎視眈眈的影族和多目族，盡可能的搶佔地盤，安插釘子，不過不要跟他們正面發生衝突，等徹底滅掉五行靈族之後，再跟他們鬥也不遲。」紅鸞仙子沉聲道。

「滅掉五行靈族。」季小棠秀眉一皺，心中震撼，看來是近些年邊境的動作太太，雲霄宗等人族的頂級勢力也坐不住了，打算全面插手進來。

她不禁多了幾分擔憂，王家好不容易發展成飛仙城的頂級勢力，結果上面又來了一位婆婆……

「給大家吃一顆定心丸，我雲霄宗已經準備大規模參戰，同時也跟夜叉族和木族做好了溝通，咱們三族聯手，一定可以滅了五行靈族。」

要想馬兒跑，就要先喂草，不放出點風聲，飛仙城的勢力肯定不敢大規模地搶佔地盤。

雲霄宗看重的是五行靈族的那幾條頂級靈脈，飛仙城的勢力，就是他們開疆拓土的先驅。

活下來，雲霄宗不會吝嗇賞賜，但要是死了，那就對不住了。

「是，仙子，我等明白了。」袁天一等人滿口答應下來，散去了。

季小棠神色凝重，雲霄宗全面參戰，影響太大了，王家一下從之前的主導地位，變成了小角色，家族的各項政策也要跟著變動才行，不然會出大事的。

季小棠剛回到王家駐地，便看到王務煙跟王務晴正在一座石亭中說著什麼，看二人的神色，似乎發生了不好的事情。

「晴兒、煙兒，出了什麼事情了？」季小棠開口問道。

「娘，靈兒姑姑和一些族人回來了，她受了些傷，長青、路雪他們，不幸隕落了。」王務晴神色悲傷的說道。

跟著王浩前去襲擾的一共有六十位煉虛修士，王家出了二十五人，除了附屬勢力的十人，剩餘的十五人都是王氏族人。

此次王靈兒只帶了八人回來，其中還有三人是其他勢力的人。

「妳父親呢？」季小棠皺了皺眉，到了她這個程度，隕落一兩位族人已經無法引起她的情緒波動了，只要王浩能平安回來，就沒什麼問題。

「父親還沒有回來，靈兒姑姑說，當時情況危急，父親讓他們先撤，後續他們又遇到了金靈族的修士攔路，這才跟大隊失散了。」王務晴解釋道。

季小棠眉頭皺得更緊了，加上王浩，王家一共出去了十六人，如今只回來五人，除了確定隕落的兩人，剩餘九人不知所蹤。

「先進來再說。」季小棠拿出一塊權杖，開啟寢宮的禁制。

重新封閉大殿之後，王務晴和王務煙簡單說了一下事情的經過。

回來的王靈兒、洛影等人都受了不同程度的傷，已經去靜養了，不過根據他們的推測，其他人也不是遇害了，畢竟有四位合體修士存在，肯定能護住一些人。

「五嬸，根據先前的戰鬥推算，金靈族的合體修士很難威脅到五叔，他應該是被什麼事情絆住了，或許是在尋找其他失散的族人也不一定。」王務煙開口道。

王務晴點了點頭。「嗯，父親肯定不會有事的，還有學圻、揚志他們，也都能平安歸來。」

季小棠搖頭笑了笑。「還用你們來安慰我？」

此次出征的眾人都留有魂燈，她其實早就知道有幾人隕落了，王浩闖過多少艱難險阻，現在不算什麼。

「好了，先不說這些，妳五叔那邊不用操心，我們有自己要做的事情。」季小棠話音一轉，將紅鸞仙子宣佈的消息給二人說了一遍。

「什麼？雲霄宗要大舉派兵過來？那豈不是戰爭要打很久？」王務煙大驚失色。

季小棠點頭，按照目前的形勢發展下去，戰爭可能短暫地停頓一段時間，但未來會更加慘烈，規模更大。

眼前最重要的是跑馬圈地，但王浩不回來，王家能拿到的份額不會太大。

之前的會議只是初步瓜分，但地盤要握在手中才是自己的，王家如今還有五位合體修士，可實力最高的是紫荊，其他人都只是剛剛步入合體期而已，比如說她自己，境界都還沒穩固，怎麼跟其他合體修士競爭？

跑馬圈地也不是暢通無阻的，五行靈族的人撤退走了，但大量的小種族沒撤，收服或者驅逐都需要武力做支撐，更別說還要跟夜叉族和木族甚至人族的其他勢力競爭了。

「五孃，我覺得可以想辦法拖延一下，不要讓五行靈族撤得那麼快？等五叔回來，一切都好辦了。」王務煙建議道。

做了幾百年城主，之前還在天瀾王家做了數千年的老祖，王務煙的戰略眼光還是很獨到的。

「娘，我覺得此計可行，不過我們要做得隱晦一些，不能讓其他人發現。」

「也好。」季小棠點了點頭。「此事我讓紫荊和天成子他們帶著收服的小種族去做，就算被發現了，也可以說他們是降而複叛。」

五行靈族要撤軍，可現在還沒撤呢，只要行動得足夠快，他們確有時間做些什麼。

三人商議了一些細節，各自離開安排去了。

半個月之後，明城大殿，紅鸞仙子跟酈恒、宋呂仁正在說著什麼，紅鸞仙子手中拿著一枚紅色玉簡，臉上帶著古怪的表情。

「王家這是做什麼？怎麼前線又亂起來了？」紅鸞仙子開口問道。

「他們說幾個新收服的小種族叛亂，已經派人處理了，但我感覺事實不是這樣，他們似乎有意拖延五行靈族撤離的時間。」

宋呂仁正色道，雲霄宗讓他們宋家過來，就是跟王家競爭，但王家發展得太快了，他們宋家根本限制不住，有些方面甚至都插不進手。

「師姐，無論王家想做什麼，都影響不了大局，他們跟五行靈族仇恨最大，總不能幫著五行靈族吧？」酈恒無所謂地說道。

紅鸞仙子點了點頭。「不錯，不管他們，人手準備得怎麼樣了？這次的行動，我們必須佔據幾座大島，好調集更多的宗門勢力過來。」

雲霄宗想要派遣大軍，就必須有足夠多的駐地，合體修士們過來連條修煉的靈脈都沒有，誰願意來？

「已經差不多了，這次宗門支援過來一百位煉虛修士、一萬名化神弟子，還有大量低階修士，有一艘城級戰舟運送，算算時間，應該快到了，不會耽誤戰事的。」酈恒回答道。

他正要做詳細說明，突然見紅鸞仙子眉頭一皺，示意了一下，從懷中取出一面傳音鏡。

「出什麼事了？」

「師父，王浩回來了，他想要見您一面。」一名中年女子說道。

三人聞言面色怪異，他們剛說起王家，王浩就回來了。

紅鸞仙子當即吩咐道：「妳帶王道友過來，另外，召集其他合體修士前來雲霄殿。」

放下傳影鏡，紅鸞仙子用略帶失望的語氣道：「前些天汪如海等人回來，說王浩被三族高手圍攻，我還以為他回不來了呢，看來王浩的實力比我們想像的還要強，今後儘量與他交好吧。」

大乘勢力再面對不斷崛起的人族天驕，一般只有兩種手段，一是以雷霆之勢鎮壓，第二就是儘量交好籠絡，讓其成為自己人。

王浩現在風頭正盛，他們不可能親自動手，只能借助異族之手，可惜失敗了，那只能改變策略了。

也不能說改變策略，他們本就是兩條腿走路，從插手戰事開始，明面上一直跟王家關係不錯。

雲霄大殿中，王浩一身白衣，端坐在一張太師椅上。

進了城之後，他大致瞭解了一下雲霄宗的政策，便前來面見紅鸞仙子。

功勞需要爭，你不說出來算什麼功勞？

雲霄宗全面接手戰事，原本臨時設立的戰功體系也被完善起來，並且不再由飛仙城的勢力主導，而是雲霄宗主導。

可主導權被收走了，各類物資卻需要大家一起出，王家就要拿出不少。

既然如此，功勞就必須要爭了，不然豈不是虧大發了？

況且，憑藉這些功勞，王浩打算休息一段時間，五行靈族雖然讓出大片地盤，但人員折損的並不太多，縮守之後，進攻的難度會更大，王浩是不願意讓族人拿命去填，索性躲起來。

紅鸞仙子想要主導話語權，那王浩索性就讓她，這是雙方都能接受的結果。

沒過多久，十幾道遁光陸續飛了進來，李傾月、袁芳等人看到王浩，紛紛上前打招呼，噓寒問暖。

彥冥神色不變，心中卻有些震撼，他也領了一隊人馬在敵後行動，也是前不久才回來，一直在療傷之中。

而王浩卻完好無損地回來了，根據之前汪如海等人所言，他們是碰到了金靈族、夜叉族和木族修士的圍攻，王浩負責斷後，其中有數位合體後期修士，金靈族那邊還有兩位合體圓滿修士。

就算王浩實力強大，能夠脫身，也不該一點傷沒有吧？

可看王浩的情況，氣息深厚，根本不像身受重傷的樣子。

「諸位，王道友回歸，可喜可賀，對接下來的行動，更加有利。」紅鸞仙子坐到主位上，淡淡開口。

她看向王浩，問道：「聽汪道友說，王道友遭遇數位合體後期修士圍攻，王道友可否詳細說說是如何擺脫敵人的？這些資訊對接下來的戰鬥有大用。」

王浩淡淡一笑，紅鸞仙子以戰爭為大義，他就不得不透露一些消息了，索性他已經決定讓出主導地位，透露出去一些資訊，也無關痛癢。

王浩簡單的說了一下事情經過，只是隱去了自己的收穫和一些神通。

「其實此次王某能完好無損地逃離，乃是金靈族、夜叉族以及木族之間相互算計，他們要是全力針對王某，王某斷然是逃不回來的。」

「沒錯，當時若不是木族拖延了金靈族的人，恐怕我們也無法逃回來。」鄭蓉幫腔道。

汪如海和袁芳或多或少還會站在家族的角度考慮問題，鄭蓉就不一樣了，她完全一邊倒地站在王浩這邊。

紅鸞仙子微微點頭。「嗯，無論如何，王道友此次都立下了大功，戰功制度剛剛改革，以前王道友累積的戰功已經轉移到新的戰功體系下，加上此次的……」

「且慢。」酈恒突然打斷紅鸞仙子，看向王浩，問道：「王道友，前面有幾位道友作證，還好說，後面的戰果，你總要拿出一些證據來吧？」

王浩之前本就立下很多功勞，現在又要加上一大筆，五行靈族敗退，這麼多功勞要分到不少資源和地盤的。

「自是如此，王某手中有繳獲的法器，還有晶核，不知道可否為證？」王浩並不生氣，隨手一揮，數件靈光閃閃的通天靈寶出現在眾人面前。

「晶核當然可以，但法器就不好證明了吧？誰知道這些法器是來自一個人還是多位異族修士的？」酈恒皺眉說道。

「師弟，王道友立下大功，不可無禮。」紅鸞仙子面露不悅之色，訓斥了一句，歉意地看向王浩，道：「我師弟性子直，還請王道友不要介意。」

「無妨，酈道友也是一心為公，戰功可容不得謊報，不然要出大事的。」王浩大方的擺了擺手。「只是讓王某提供再多證明，也是做不到的，畢竟當時極其危險，不可能收攏異族屍體。」

秦琴、赤英等人都在乾坤洞天之中，王浩報告了她們死亡的消息，不可能拿出太多有利證明的。

還有之前在乾坤洞天滅殺的幾人，也不好透露出來，只能當作一筆糊塗賬了，同時，他也不想報出太多戰功，以免引起各方強烈的忌憚之心。

「王道友，我看這樣吧，你去測謊陣上走一道，只要你沒有說謊，戰功我會如實登記。」酈恒提議道。

王浩沒有反對，測謊陣的作用原理還是針對修士的元神波動，以王浩的元神強度，尋常測謊陣根本不會有效果，根本不怕。

見王浩點頭，紅鸞仙子拿出一個紅色陣盤，一道紅色霞光籠罩了王浩。

她和酈恒接連提出幾個問題，王浩回答之後，測謊陣沒有任何波動。

「得罪了，王道友，我們也是例行公事，還請理解。」紅鸞仙子歉意道。

「有仙子這般公正之人主事，是我人族聯軍之幸。」王浩笑著回應。

酈恒頗為肉疼地幫王浩統計好戰功，道：「按照目前的戰功兌換標準，王道友足可以選擇兩條七階靈脈，或者兩座高價值七階礦山了。」

目前人族才佔據多少地盤？之前都是王家帶著幾家打下來的，自然不能被統計進來瓜分，新佔據的地盤中都沒有七階靈脈，目前的獎勵只是空頭支票罷了。

「五行靈族不是準備撤退了，只要大家上下一心，佔據幾座七階大島應該不是問題，這樣吧，王某的戰功可以過一段時間再兌換。」

現在選擇獎勵也無法拿到手，王浩不介意再賣一個人情給雲霄宗。

「多謝王道友體諒。」王浩這麼好說話，紅鸞仙子反倒有些不知所措了。

「這是應該的，王某雖說平安歸來，但幾番大戰，耗損極大，未來數年，王某可能幫不上什麼忙了，還請仙子見諒。」王浩趁機提出了要求。

「五行靈族撤退，未來一段時間不會發生大戰，王道友是可以好好休息。」

紅鸞仙子點頭應了下來，這本就是之前說好的，所有參與敵後襲擾的修士，都能擁有一段較長的修養時間，不用參戰。

「大家齊聚，正好為王道友接風洗塵，現在五行靈族全面敗退，搶佔資源才是最重要的，希望接下來大家能以王道友為榜樣，奮力殺敵。」

花花轎子人人抬，王浩的風頭壓不住，那就幫著他揚名好了，儘量交好。

一番宴飲之後，眾人各自離去，王浩和紅鸞仙子一起往外走，邊走邊聊。

第二章

修煉出錯

「王道友，你此行應該有不小的收穫吧，可否交換一些東西？」紅鸞仙子客氣的說道，王浩之前為了證明戰功，拿出來不少寶物，她對其中幾件比較看重，想要交換過來。

王浩腳步一頓。「仙子開口，王某豈能不答應？」

「呵呵，王道友客氣了，這邊請，我們單獨聊一聊。」紅鸞仙子笑了笑，引著王浩來到一座風景雅致的庭院。

他們來到一座木亭中坐下，紅鸞仙子道：「聽聞王道友攻擊了一處赤陽天晶礦脈，你手中肯定有七階赤陽天晶吧？你看這些東西可否交換？」

紅鸞仙子也不囉嗦，袖子一抖，一片霞光閃過，桌子上多出一大堆東西，包括各類丹藥、靈藥、法相材料、煉器材料等等。

王浩目光一掃，略微有些失望，他此次收穫巨大，已經看不上這些東西了。

「汪道友和袁道友手中也有一批赤陽天晶，仙子不如找他們交換？」

紅鸞仙子微微一愣，略一猶豫，取出一個紅色玉盒。

要能跟汪如海和袁芳交易，她早就去了，奈何普通的東西她看不上，好東西都在王浩手中。

王浩是敵後襲擾的主導，實力最強，數位合體修士的儲物法器都落入了王浩手中，攻佔據點之後，王浩一人便能拿下大庫的五成寶物，還有優先選擇權。

汪如海、袁芳、鄭蓉三人也發了財，但他們三人加起來，也遠不如王浩一個人的收穫多。

「聽聞王道友擅長養育靈獸、靈蟲，王家的兩位道友就是道友的靈寵出身？」

「不錯，小嬋她們在王某還是煉氣期修士時，就陪伴身旁了，在王某眼中，她們跟親人無異。」

王浩點了點頭，小嬋和丫丫現在都能獨當一面，他沒必要隱藏什麼。

「這盒子中，是一枚妖丹，此妖可以召喚出玄武法相。」

「玄武法相？」王浩有些驚訝，追問道：「此類古獸不好滅殺吧？」

紅鸞仙子點了點頭。「嗯，費了不少功夫，此丹來自一隻岩龜，覺醒了部分玄武血脈。」

「只是覺醒了血脈而已，價值並不高吧。」王浩不以為然，覺醒血脈跟真靈後裔還是有差別的。

紅鸞仙子略一沉吟，袖子一抖，一片霞光閃爍，一個小山般大小的黃色巨龜出現在地面上，巨龜的腦袋已經被轟爛，腹部破了一個大洞。

「此妖的屍體是難得的煉器材料，王道友是煉器大師，應該知道價值。」

王浩觀察了岩龜屍體片刻，誠懇地說道：「我只能給道友兩塊赤陽天晶，此物本就沒有多少，王某還有留一些自己用。」

紅鸞仙子略微思索，答應了下來。

「王道友手中那把黑魂叉，可否拿出來，容我仔細看看？我可以用同級別的通天靈寶交換。」紅鸞仙子滿臉期待。

黑魂叉是王浩從夜叉族手中繳獲的，夜叉族修士幾乎每人都擁有一把魚叉狀的法器，品階有高有低，據說他們有獨特的煉器法門，讓法器跟自身一起成長。

王浩得到這一把，品階為上品通天靈寶，發動之後，重量激增，還可攻擊修士神魂，不過對於他來說，此法器各方面都不算突出，有些雞肋。

王浩袖子一抖，便將黑魂叉放了出去。「仙子請。」

紅鸞仙子眼前一亮，將黑魂叉拿在手中，仔細看了一會兒，又注入一些法力，觀察起來。

片刻之後，紅鸞仙子滿意的點了點頭，她袖子一抖，一把藍色大斧出現在桌子上，斧頭上銘刻著大量精美的花紋，靈光閃閃。

「這是鎮海斧，重量型寶物。」

「這把斧頭也沒什麼特殊的吧？黑魂叉是可以攻擊神魂的，鎮海斧有什麼特殊之處嗎？」

王浩疑惑道，夜叉族的寶物價值還是比較高的，尋常的重量型寶物遠遠比不上。

「王道友不如先試試再說，若是不滿意，咱們再談。」紅鸞仙子莞爾一笑，並沒有過多介紹。

王浩心知紅鸞仙子應該不會拿破爛換取黑魂叉，畢竟也是要顧及臉面的，他當即走了過去，拿起鎮海斧。

雙手一接觸鎮海斧，王浩的神色就怪異起來，這斧頭輕飄飄的，哪裡是什麼重量型寶物？

這時，紅鸞仙子才開口介紹起來：「此寶煉入了一塊頂級的海絨晶，就像一塊海綿一樣，沒有法力注入時，輕如鴻毛，但只要注入法力，便重如萬鈞，修士修為越高，就越能發揮其威力。」

「此外此寶還煉入了一塊寒月冰晶，若是被擊中，會迅速將目標冰封，便是肉身強大的七階妖獸，也很難抵擋。」

「若非此寶只適合體修使用，本宮也捨不得拿出來交換。」

紅鸞仙子面露不捨之色，天地間的奇特靈材沒那麼多，再想找到足夠的材料煉製一把鎮海斧，很難很難。

聽完介紹，王浩依舊皺眉，道：「仙子說得再好，也改變不了此寶笨重的缺點，此寶的幾種傷敵手段都需要接觸才可，用處太小了，仙子想要交換黑魂叉，還需拿出一點誠意來。」

黑魂叉對王浩來說，並不珍貴，但對其他人來說，是難得的寶物，交換可以，但他不會賤賣。

紅鸞仙子略一思量，扔出一個小瓶。

「這是一瓶太一真水，可以幫助靈蟲靈獸晉入六階，王道友，黑魂叉的價值也沒那麼大，還請割愛。」

「此靈水也就相當於煉虛靈物，仙子的出價太低了，能攻擊神魂的寶物少之又少，王某是知道黑魂叉的價值的。」

王浩討價還價道，他養育的靈獸靈蟲大多數都已經晉入六階，相關的晉升靈物也不缺少，一瓶太一真水很難讓他動心。

紅鸞仙子聞言取出一個精美的木盒，遞給了王浩。「再加上這塊七彩神石呢？」

王浩打開木盒一看，裡面是一塊拳頭大小的七彩石頭，泛著彩色的靈光，煞是好看。

「七彩神石？傳聞中可硬抗雷劫的材料？」

王浩有些驚訝，七彩神石的質地很軟，內部有無數細微的孔洞，渡劫時使用，可吸附天雷，幫助修士平安渡劫。

紅鸞仙子有些肉疼，這塊七彩神石比較小，無法單獨煉製渡劫寶物，只能熔煉一些其它材料，抵抗雷劫的效果沒那麼好。

「不錯，以王道友的煉器本事，最能發揮此物的價值；這可是七彩神石，王道友莫要太貪心了。」紅鸞仙子正色道。

「好吧，王某就吃些虧好了。」王浩一副勉為其難的樣子，卻迫不及待地將幾種寶物收了起來。

紅鸞仙子眼前一黑，暗道自己上當了，她要是堅持一下，或許不用那麼大代價，便能拿下黑魂叉。

可惜已經完成了交易，她總不能出爾反爾，那樣平白得罪王浩。

王浩還未回過家族，心不在焉，跟紅鸞仙子閒聊了幾句，便告辭離開。

回到家族，他將季小棠等人叫了過來，了解了一下家族近況。

「我們的地盤夠多了，貪多嚼不爛，還容易顧此失彼，五百年內，我們家族不再進行大規模擴張，專心發展。此次跑馬圈地，你們只佔據價值比較高的地塊就好，不用冒險跟異族爭搶。」

「近些年，我們收攏了很多小種族為附屬，他們的忠心無法保證，穩妥起見，必須做好監視；另外，家族要大力收攏一些人族的小勢力做附屬，讓他們去跟那些小種族比鄰而居，以作平衡。」

「立下戰功的族人要大力培養，發放一批獎勵，地盤多了，咱們家族目前的力量肯定是不夠用的。」

「還有加大跟附屬勢力的聯姻力度，增強他們對家族的歸屬感和忠心程度，同時也好收攏一些天才加入家族。」

「下界也要重視，飛升族人擁有較大優勢，你們要多收集破界資源，派人下界一趟，為幾個附屬介面搭建直屬飛升大陣。」

針對家族情況，王浩接連下了幾條命令，總基調還是發展。

「行了，你們都下去吧，好好準備，五行靈族即將撤退，屬於我們王家的利益還是要儘快佔據的，不能平白便宜了其他人。」

王浩揮了揮手，讓大部分族人退下了，只留下季小棠和楚蕁二人。

王浩取出幾枚儲物鐲，交給了二人，神色凝重地叮囑道：「夫人，此行的收穫大部分都在這裡了，妳們收好，用於家族發展。」

季小棠拿起一枚儲物鐲，神識探入進去，瞬間臉色就變了。

「夫君，怎麼這麼多寶物？」季小棠十分驚訝，儲物鐲內的寶物，比王家大庫中的東西還要多，光是通天靈寶就有幾百件。

王家可能擁有幾百件通天靈寶，但都散落在族人手中，大庫之中絕對沒有這麼多通天靈寶。

「此次收穫確實有些大，也不全是為夫的功勞，靈兒和學圻他們將大部分收穫都交到了為夫手裡，這裡是清單，回頭你給他們計算戰功和貢獻。」

王浩又取出一枚儲物鐲。「還有這裡的東西，是給蕁兒、靈兒以及學圻他們用的，夫人收好了。」

「還有？」二女不由張大了嘴巴。

「所以為夫才想著穩步發展幾百年再說。」王浩笑著解釋道，將幾次戰役簡單跟二女說了一遍。

季小棠和楚蕁已經從王靈兒口中得知了王浩在敵後的大部分經歷，但並不清楚王浩獲得了多少寶物，王靈兒畢竟是煉虛修士，合體修士分贓時，她可參與不了。

況且王浩大部分寶物都是來自合體修士的儲物法器，這部分更是只有王浩自己知道。

「這些都是我已經挑選過的，分別裝在六個儲物鐲內，夫人每隔百年可以拿出一枚儲物鐲，將物資下放，培養族人，有了這批物資，家族千年內都不會有財政危機，足夠將新地盤建設起來了。」王浩細心叮囑。

二女聽到王浩這麼說，卻皺起了眉頭，楚蕁問道：「夫君是又打算出遠門嗎？」

「呵呵，蕁兒多慮了，我此次是打算閉關，並非出遠門。」王浩笑著解釋道。

二女同時鬆了一口氣，她們就怕王浩再來一次遠遊，王浩在家族基本不做事，但只要他在，她們以及王家所有人，內心都是踏實的。

「夫君打算在何地閉關？」季小棠問道，跟以往不同，王家現在擁有六條七階靈脈，可選擇的地方就多了。

「為夫打算去葬仙墟閉關，我會讓王文和三道分身留在家族，他們分別坐鎮四座島嶼，關鍵時刻可以現身，幫助家族。」

隨著王浩實力提升，分身的實力也越來越強，足以應付尋常合體初期修士，特別是王文，已經擁有合體初期的實力，應付合體中期修士都不是難事。

王浩突然想起了什麼，繼續說道：「對了，我答應給陳家一批修煉資源，陳妍兒上門後，妳們就給她就行了。今後我們重點發展水明、水月、水天、水玉四島，讓附屬勢力也趕緊遷過來，可以開放煉虛靈物、化神靈物等晉升類靈物的兌換，但貢獻點不能少，讓這些附屬勢力動起來。」

季小棠點了點頭。「夫君放心吧，我會把這些事情處理好的。」

有了龐大的資源，她的底氣很足。

「嗯，二位夫人辦事，我自是放心的。妳們也要勤加修煉，特別是蕁兒，希望為夫出關之時，能聽到妳晉升的好消息。」

交給季小棠的儲物鐲中，有一枚就是給王家高層使用的，其中有王浩幫助數位煉虛後期修士培養的元靈，還有天陰果之類的靈物，鳳凰靈臺等渡劫寶物也在其中，以及數套陣法。

王浩在水明島停留了半個月時間，一一見過妻妾和兒女後，便一個人悄悄離去。

搶佔地盤的事情用不著他親自做，名氣還是很好用的，他攜大功歸來，絕不會有不長眼的敢侵佔王家的利益。

況且他閉關的消息只有季小棠和楚蕁兩人知曉，旁人還以為他就在水明島坐鎮呢。

再次進入葬仙墟，步入雷池之中，王浩放出雷獸，一人一獸，默默前行著，只是走出數百步，雷獸便堅持不住，停了下來。

雷獸使用一些特殊神通，可以踏足更深處，但無法持久。

「公子，屬下不能陪你進去了。」雷獸恭敬的說道。

幾十年、幾百年，對於雷獸來說都是極其短暫的，當時王浩留給他的震撼還在腦海中縈繞，此刻就算讓他去攻擊大乘修士，他也不會遲疑。

「你就在此地修煉，不要讓閒雜人等靠近雷池。」王浩吩咐道，葬仙墟內有不少古獸，也存在一些獨特的種族，可以說，葬仙墟就是一個小型介面。

牠們一般是無法靠近雷池的，但總有意外發生，萬一出現某個逆天的氣運之子……

王浩腦海中想著亂七八糟的想法，快步朝雷池深處走去。

等他回過神時，發現自己已經接近了雷池的內環，雖然距離中心區域還很遙遠，但已經不能用雷池邊緣的幾步形容了。

四周的雷霆之力，比之邊緣要濃郁無數倍，每一道雷霆之中，都蘊含了龐大的天地元力。

雷霆擊在身體上，王浩感覺微微刺痛，當即停了下來。

他盤膝而坐，運轉驚雷仙體術，一道璀璨的雷光閃爍，雷光將王浩淹沒。

這一道雷霆入體，立刻使得王浩身體一顫，好似被一股強大的力量推了一下一般，全身肌肉鼓起，身體一片麻木。

便是王浩的元神，在這種雷霆之下，也受到了極大震動。

「力度剛剛好。」王浩嘴角一咧，露出一個痛苦的笑容，修行嘛，哪有簡單的？特別是煉體之道，往往伴隨著痛苦。

適應了片刻，王浩再次引動雷霆入體，雷光瞬間又將他吞沒。

遠處的雷獸收回目光，他此刻對王浩的崇敬，又上了一層，剛才那一幕，他也略有所悟，當即也趴入雷池之中，止住砰砰狂跳的心跳，努力感悟起來。

一人一獸，便這般在雷池修煉起來。

修煉無歲月，轉瞬間，五百年便過去了。

某個幽暗的空間內，王浩和敖雲光正急速前行著。

這裡是夜叉族的地盤，傳聞其深處可去往冥河，王浩的目標就是冥河。

五百年的修煉，讓他的法相凝練到了八成，但自此之後，陰陽又趨於失衡了。

雷池內的雷霆太過狂暴了，需要一些陰屬性靈物中和，而「小冥界」終究不是真冥界，能提供的靈物有限。

青影這廝根本沒安好心，驚雷仙體術確實精妙，但也存在巨大缺陷，一個解決不好，王浩可能最終淪為一道雷霆。

是可以達到不死不朽的效果，但那還是他嗎？

經過一番考慮，王浩決定聽從敖雲光的建議，嘗試進入冥河之中，尋找解決之法。

為此，他連家族都沒有回，徑直奔赴夜叉族腹地的幽魂地淵。

他在王家才能存在，家族任何事情都沒有他的事情重要，這一點不止王浩這麼認為，所有王家人也是這麼認為的。

王浩在家族留有諸多手段，若是出現大事，分身必然進入葬仙墟通知他，反之則說明家族發展平穩，即使遇到些事情，季小棠等人也可解決。

幽魂地淵是夜叉族的聖地，是夜叉族崛起的關鍵，其記憶體載著無數幽魂，還有大量冥獸。

傳聞這裡能夠遮蔽天機，天劫將至，卻有自知渡不過的高階修士，若是選擇躲入幽魂地淵深處，便可躲避天道追蹤，但也只能苟活。

這一點倒是跟黑域相似，不過黑域是一片無主之地，而幽魂地淵一直被夜叉族把控，一般情況下，不會有天劫將近的修士冒險躲入這裡。

「下面就是幽魂地淵的第七層了，據老夫所知，夜叉族至少有一位夜叉皇坐鎮這一層，我們直接下去，不出一時三刻，必定會被他察覺。王道友，你可想好如何應對了？」敖雲光望著濃郁的陰氣和奔湧的血河，目光移向一旁的王浩道。

幽魂地淵一共有十層，有兩個傳聞，一是本就如此，是天地之力所致。

第二種傳聞，夜叉族老祖為了使得這裡適合夜叉族修煉，動用力量將其改造，越深層越兇險，到了十層，便是夜叉皇也不能長久停留。

兩種傳聞王浩都不太相信，要是十層連夜叉皇都頂不住，那又是如何建造的？除非夜叉族老祖修為已然超越大乘期，是更高層次的修士。

這些情報有的是來自敖雲光，有的是王家和王浩自己打探到的。

的。

「道友何必問我，你讓王某前來，難不成沒有計劃嗎？」王浩反問道。

青影或是有心，或是無意，實質上造成了王浩目前的困境。

敖雲光同樣不值得信任，這些老鬼，哪怕元神被王浩握在手中，也不會老實

他們經歷的太多，曾經都是一方強者，怎麼可能甘心被一名合體修士所控？王浩一直防備著他們，從來沒有被那些利益誘惑。

敖雲光提供的藏寶點，他沒有前去，滄海宗的洞天，他也沒有著急開發，但還是著了道，防不勝防。

他們活了不知道幾萬年，不經意間的一句話，就可能埋了一個坑。

「呵呵，王道友多心了，老夫的最終目的只有一個，就是重回龍族，拿回屬於自己的一切，為了達成目的，老夫比誰都希望小友能早日晉入大乘期。」敖雲光十分誠懇的說道。

王浩心中冷笑。

「那就請道友先介紹一下最近的八層入口吧，在七層停留的時間短一些，就少一些危險。」

幽魂地淵整體是一個倒立的漏斗形狀，越往下，面積越大。

第七層空間，已經比尋常的黃階洞天要大了，即便是最近的第八層入口，他

們二人也要全力飛遁十日方能到達，想要不被發現，只能想其它辦法。

敖雲光伸手指了指，道：「從這裡出發，一路向北是最近的入口，但要經過兩條血河，若是向南，不用經過血河，但趕路要更久一些。」

「這些血河都是輔助夜叉族強者修煉的，貿然經過，很容易被其發現。」

「那就沒得選了，只能向南。」王浩皺眉道。

「也不是，因為不能只考慮在七層的行動，還有考慮八層、九層、十層，要知道這裡被夜叉族掌控數百萬年，夜叉族強者進入深層並不是難事，我們在深層搞出動靜，依舊會被追殺的。」

敖雲光神色凝重的說道，他其實也沒有進入過這裡，只是從龍族的典籍中查閱過相關情況。

「道友直接說結果吧，何必賣關子。」王浩有些不耐煩的說道。

「嘿嘿，王道友別急，七層以下陰氣極為濃郁，除了適合夜叉族修煉，也滋生了大量陰魂鬼物，同時還生長著一些獨特之物，比如說，在北方七層通往八層入口附近，生長著大量的陰槐樹，裡面聚集了大量陰魂，產生的鬼泣聲可以干擾神識，絕對是藏身的好地方。」

顯然，敖雲光是打算選擇北方入口了，王浩卻是搖了搖頭。

「不妥，這些消息你知道，難道夜叉族不知道？陰槐林是絕佳的養鬼之地，我就不信夜叉族不會加以利用，那地方必然有夜叉族的人看守，守備力量也必然不會太弱。」

這裡對夜叉族來說可是聖地般的存在，重要之地怎麼可能缺少守備？

「呃……王道友說的也有道理，但憑你我的本事，躲開他們應該不難，夜叉族總不會派遣夜叉皇守在養鬼之地吧？而若是去南方，會距離夜叉族修建的修煉之所更近，更加危險。」

敖雲光皺起眉頭，他明顯動搖了，以他現在的狀態，要是被夜叉皇碰上，可沒有生還的可能。

「這裡既然有大量陰魂，我們也變成陰魂好了，如此即便遇到夜叉族的人，也能從容應對。」王浩目光一閃，突然嘴角勾起道。

說罷，他抓起敖雲光，進入乾坤洞天之中。

「道友打算捨棄肉身？」敖雲光驚異不定。

「在這種特殊環境之下，肉身的用處不大，敖道友，你不會是怕了吧？」

王浩冷笑著看著敖雲光。

敖雲光深知自己沒有反抗的餘地，他若不應，王浩會更加不信任他，他的計畫也就無從開展了。

「嘿嘿，老夫無所謂，只要王道友自己別出問題就好。」

他本就捨棄過肉身，如今這一具不過是奪舍而來，即便出問題，大不了再奪舍一次。

王浩沒有廢話，再次抓起敖雲光，周圍環境一變，陰風四起，空氣中還有淡淡的血腥味。

「嗯，這裡是？」敖雲光神色巨變，他在乾坤洞天那麼多年，還沒發現此處的秘密。

只見地面一個巨大的血池，血浪翻滾，一百多個陰氣彌漫的血屍正浸泡在血水之中，施法抽取血氣。

血屍是他以秘法培養出來的，當年王浩飛升靈界時，就養了五具同樣的血屍，將其培養成身外化身之後，修煉乾坤化靈訣，實力非凡。

後來，他又得到了多種養屍秘法，幾經改良，跟當初器靈傳授給他的原本已經相去甚遠了。

而在血池上空，還有一道道鬼影來回遊蕩，這就是他神識能一直不斷增長的奧秘。

這些鬼影，都是王浩以《太虛分神訣》所化分魂，他們修煉鬼道功法，以求迅速壯大，氣息跟尋常陰魂沒有多大區別。

而那些血屍，則是這些分魂的寄居肉身，畢竟分魂獨立太久，又修煉鬼道功法，容易出現失控的問題，王浩過一段時間讓他們結合在一起，便杜絕了這種風險。

一道分魂加一具血屍，就是一位堪比化神圓滿修士的分身，有十幾具已經達到了煉虛水準，這樣的分身，王浩有一千多道之多，他一人就是一支大軍，只是防了敖雲光一手，沒有全部顯露出來。

這些年，家族為他搜集了海量獸血，全部都投入了這座血池之中，再給一些時間，將所有分身都培養到煉虛期，他一人就能滅了水靈族。

當然了，即便有這種實力，王浩也不會做這等驚世駭俗的事情，收益和風險不成正比，也完全沒有那個必要。

敖雲光面色凝重，所有分魂以及血屍的面容都幾乎相同，氣息也極為相近，顯然修煉的都是同種功法。

「這個王浩，還真是深藏不露，什麼時候培養了這麼多鬼道死士？」

他並沒有看出這些都是王浩的分魂，而是認為王浩秘密培養的死士，因為這種方法在龍族也是比較常見的。

王浩輕輕招手，兩道魂影飛了過來。

「元神出竅跟真正的陰魂還是存在差別的，一不小心就會被發現，但若是我們藏身在我這些屬下體內，氣息跟真正的陰魂就差不多了，只要不是夜叉皇當面，根本分辨不出。」王浩說出了自己的計畫。

「若道友捨得，可以讓你的一些屬下前往不同的方向，掩護我們，這樣方能萬無一失。」

敖雲光眼神閃動，在他看來，眼前這些不過是一些消耗品，損失一些沒什麼。

王浩微微皺眉。

「若局勢危險，王某是會這麼做的，我手中還有大量陰魂鬼物，出不了事的。」

開玩笑，雖然他損失幾道分魂沒什麼，但要是多了，對自身還是有細微影響的，不到萬不得已，他是不會大規模讓這些分魂做誘餌的。

「那就沒問題了，關鍵時刻，可以放出我那兩位侍女，她們的忠心不用懷疑。」敖雲光點了點頭，很是尋常的說道。

他的侍女修為可不低，但在他眼中，也不是不能捨棄。

王浩神色不變，心中對敖雲光更加提防了，這種人已經不能用心狠手辣來形容了，他的血是冷的，心也是冷的，為了達成目的，任何人在他眼中都是可以犧牲的。

「那就開始吧。」王浩心念一動，將元嬰遁出肉身。

他的肉身緩緩沉入水池之中，幾道魂影飛入旁邊的血屍之中，血屍臉上瞬間有了神采。

他們對著王浩點了點頭，護在了血屍周圍。

王浩的元嬰則虛幻起來，化作一個光球，沒入身邊的魂影之中。

敖雲光觀察了一瞬，果然發現不了王浩的氣息。「哈哈，王道友此法甚妙！」

當即不再推諉，隨後也遁出元神，沒入另一位魂影體內。

他們悄悄進入第七層幽魂地淵之中，一路暢通無阻，直到一片鬼林之前。

「王道友，這裡有許多骨奴，他們的數量太多，我們不可能悄悄溜走，你看需不需要老夫出手？」敖雲光的元神擔憂的傳音道。

「只是一些低階骨奴罷了，他們的優勢很明顯，弱點也很明顯，只要擊潰他們的元神，就能迅速讓他們變成一堆白骨。」

「不到萬不得已，我們不能出手。」

王浩沉思片刻，揮動鬼幡，放出了一些陰魂，這些陰魂快速飄動，很快引起了一些骨奴的注意，等他們大量集中之後，突然回頭反包圍，而後轟然自爆。

強大的波動橫掃四周的骨奴，將它們體內的元神悉數震碎。

頓時，那些骨奴的動作就是一僵，隨著一陣陰風吹過，立刻倒了一地。

「王道友這一手咒術玩得倒是精妙，老夫的元神上不會也存在咒術吧？」敖雲光見此情景對王浩有了新的認知，心中略有不安地問道。

「道友放心，只要你不坑害王某，是不會有事的。」王浩輕笑一聲。「趕緊走吧，等一下又有骨奴前來。」

說罷當即命令分魂快速朝前方遁去，這兩道分魂實力不高，遁速無法跟王浩相比，但也勉強夠用了。

他們疾行了十多日時間，第八層的入口終於到了。

而王浩為此付出的代價，便是鬼幡內的半數陰魂的隕落。

第三章 幽魂族

然而就在王浩二人要進入第八層之時，一道百丈高的骨奴突然從陰氣團中走出，冰冷的氣息瞬間擴散開來。

「七層的陰魂怎麼都瘋了一般亂竄，果然是有東西搞鬼，莫非有幽魂誕生了靈智？」

骨奴大踏步地朝二人走來，眼眶中的鬼火若隱若現。

「王道友，他似乎看穿了我們的計畫，現在要如何？準備拚一把嗎？」

敖雲光詢問道，眼前的骨奴有合體初期的實力，並不算弱，若不能一擊滅殺，很可能引起連鎖反應。

「別慌，它暫時還沒發現我們，損失了這麼多骨奴，它們沒有察覺才奇怪。」

王浩念頭一動，身旁的無數陰魂無視那骨奴，全都向通道湧去。

「該死，竟然這麼多！」

合體骨奴望著數不清的幽魂，不禁煩躁地怒罵一聲，它是察覺到了不對勁，也提前來到通道處蹲守，但它根本不知道具體發生了何事。

它們這些骨奴的任務是維持幽魂地淵內的穩定，控制幽魂四處遊蕩是重中之重，這幾天可謂異常忙碌。

由於分身乏術，幾位骨奴頭領商議之後，決定分別去不同的出入口把守，畢竟幽魂遊動並不是多大的事情，在地淵之內還是比較常見的，只要及時控制住，他們是不會受到懲罰的。

「可惡，給我捉住它們，一個都別放跑！」

合體骨奴大喝一聲，雙臂一抬，無數白骨出現，很快堆積成山，直接封堵了通道。

陰魂一旦碰到白骨，便立刻被其中伸出的手腳拉扯，沒入其中，很快消失，但這些陰魂又被王浩下了禁制，一旦感受到威脅，便會悍然自爆。

當然，這點威力還不足以破開厚重的骨山。

「王道友，你還不打算出手嗎？」敖雲光有些焦急的傳音道。

「為何要出手，他們只是平息動亂，而不是發現了我們。」王浩語氣平靜道。

骨奴大軍跟他的陰魂大軍相比，總數差了一個數量級，短時間內，對方是奈何不了他們的。

況且，此刻骨奴大軍的注意力都在遠處湧來的茫茫陰魂身上，而沒有注意到衝在前方的王浩二人，這便是他們的機會。

「但我們現在也過不去啊，這樣下去，遲早是要被發現的。」

「稍安勿躁，敖道友，你好歹曾經也是大乘期的前輩，就這麼沉不住氣嗎？」王浩淡淡的回應道。

敖雲光一時語塞，這跟以往的情況明顯不一樣，他現在連幾位侍女都被王浩控制了，可沒有多少自保能力，當然怕了。

但他很快就平靜下來，他發現越來越多的陰魂行動起來，特別是實力較強的幾個，它們似乎排列成了某種陣法……

「這能行嗎？實力差距太大了……」敖雲光心中懷疑。

遠處的合體骨奴則是冷哼一聲，抬手一掌，一個巨大的白骨手印出現，狠狠拍向聚集的陰魂，但陰魂前仆後繼，不惜自爆，將白骨掌印擋了下來。

就在合體骨奴打算多來幾下時，徹底泯滅眼前煩人的幽魂時，一道莫名心悸讓他停了下來。

只見，數百隻幽魂已經排列成了陣勢，劇烈的魂力波動在它們身上迸發，已然形成一股強大的力量。

「哼，區區幽魂，也想對我產生威脅，簡直可笑。」合體骨奴冷哼一聲，輕蔑地道。

可下一刻，一股龐大神識波動讓他意識到了不對。「這是……神魂攻擊？」

儘管有所察覺，可已經太遲了，只聽「嘭嘭」幾聲爆響，幾十隻幽魂接連炸開，以犧牲自己的形式將全部力量投入到了陣法之中，一股詭異的無形波動蔓延開來。

「咒術大陣！」合體骨奴大驚失色，他們骨奴的身體強硬無比，刀槍不入，但有一個致命弱點，那就是元神。

龐大的咒術力量橫衝直撞，幾乎是瞬間便撞上了他的元神，就好像海嘯遇到了堅硬的岩石，反噬之力立刻讓幾十頭幽魂崩解，卻也讓合體骨奴受了極大震動。

縱然這種震動距離重創還很遙遠，可也讓其失神片刻，龐大的骨山瞬間失去了力量支撐。

「就是現在，走！」王浩心念一動，立刻命令殘存的陰魂各自施展遁術，朝著第八層湧去。

僅僅幾息之間，合體骨奴就忍痛重新封印了通道，他很想將逃離的幾頭幽魂抓回來，但遠處湧來了更多幽魂。

猶豫一瞬之後，他還是選擇了阻止更多的幽魂逃離。

「王道友，你怎麼猜到他不會追我們？」八層某處隱秘之地，敖雲光心有餘悸地問道。

「很顯然，如我們這樣的不速之客並不多，那骨奴根本沒意識到逃離的陰魂存在問題。」王浩可不是在賭，而是算準了對方的心理。

這裡是幽魂深淵，尋常幽魂聚散太正常了，這導致合體骨奴下意識地會輕視，以為和以往沒什麼不同，王浩的計畫才會那麼完美的成功。

況且，王浩也不是一無瞭解就來到這裡的，通過閱讀大量情報，確定了此行危險性不大，這才動身前來。

雖然這麼說，王浩也做好了強闖的準備，要真是那麼倒楣，他不介意直接出手滅了這些骨奴。

幽魂深淵很大，特別是深層，危險重重，夜叉族的人也不能完全控制這裡，即便是夜叉皇，短時間內也不可能將王浩找出來。

半日之後，他們已然遠離了通道，算是初步安全了。

「王道友，你接下來打算怎麼走？」敖雲光沒了一開始高深莫測的模樣，認真地詢問起來。

「不著急，先找個地方恢復一下，我們可以一直行動，我這些屬下可不行，得找個陰氣濃郁之地。」

王浩望瞭望四周，也沒什麼頭緒，乾脆讓分魂循著陰氣流動方向飛遁。

根據他查到的情報，到了八層，便很少有夜叉族的族人出現了，這裡太過危險了，哪怕擁有合體期的修為，一不小心，也可能死在這裡。

正常情況下，幽魂地淵只有前七層開放，後面三層算是夜叉族的禁地，只有需要某種資源之時，他們才會派遣大量族人進入尋找。

幽魂地淵的深層存在一些強大的幽魂和魂獸，雖然大部分都渾渾噩噩的，但也有概率誕生靈智。

在歲月的積累下，地淵深層已經被這些誕生靈智的幽魂和魂獸控制，連夜叉族都不敢貿然深入。

傳聞其中不乏堪比合體修士的存在，也如尋常種族之間產生了勢力劃分，每一層都有一位實力強大的頭領，

所以王浩確信對方不敢大規模地搜尋，不然擾亂了整個幽魂地淵，倒楣的還是夜叉族。

王浩的分魂本就跟地淵內的幽魂類似，他手中還有大量陰魂，尋覓陰氣的蹤跡還是十分簡單的，他當即放開對分魂的控制，讓它們自由飛遁，同時大量陰魂朝四周散去，若敵人追蹤，可起到預警和拖延的效果。

就這樣，又過了數日時間。

「前方好濃重的陰氣，看來這裡真的跟冥河有聯繫。」敖雲光感受著身旁流過的精純陰氣，不由猜測道。

「敖道友都不能確定，王某就更不知道了。」

他這些年或多或少聽聞過冥河的傳聞，但從來沒有聽聞有人真的進入過其

中。

「王道友，情況有些不對啊，飛了這麼久了，為何我們沒有遇到一頭冥獸或者幽魂，莫不是這裡出了變故？」

幽魂地淵面積太大了，即便有龍族的情報，二人對這裡還是知之太少，於是王浩計畫捕捉一兩隻幽魂，說不定能搜出一些情報，再不濟也可頂替其身份，更加安全一些。

可惜一連飛遁了數日，他們一個鬼影都沒有看到。

「幽魂地淵也不是隨處都是陰氣濃郁之地，我們尋著陰氣走，必然能找到生活在這裡的幽魂。」

王浩此刻並不慌張，畢竟他也沒想著一次就能達成目的，大不了這次撤回去。

法相失衡只是初現端倪，對他產生影響還需很久，若放任不管，徹底崩潰也要數千年時間。

如此長的時間，足夠他尋找解決之法，倒不用太過拼命了。

他們又飄蕩了數日時間，來到一條幽暗的峽谷之中，谷口有一層灰色的禁制光幕。

「這是夜叉族佈置的禁制還是生活在此地的幽魂佈置的？」敖雲光猶疑道。

王浩讓一隻陰魂出手，試探了一番，確定面前的禁制並不是針對幽魂。

「此地自成一統，應該也有修仙文明存在，或許我們應該稱其為幽魂族。」王浩神色凝重。

他多方打探，但沒得到具體消息，夜叉族對幽魂族諱莫如深，具體是什麼情況，恐怕只有夜叉族的高層清楚。

「此地禁制不限制幽魂，確實有可能是幽魂族所設，我們應該很快就能達成目的了。」

敖雲光並不在乎什麼幽魂族，在他看來，即便幽魂族真的存在，被困在此地，也不可能是什麼大族，實力有限。

二人簡單談論片刻，便直接飛遁了進去，穿過光幕後，映入眼簾的，是一座巨大的裂谷，兩側高低不平，但崖壁卻光滑無比，好似是用刀劍切割出來的一樣。

王浩飛到高處，看了眼峽谷的長度，猜測至少是合體初期修士的手筆，一般的煉虛修士可沒有那麼大能耐。

「王道友，快看那邊，那是一道人影！」敖雲光驚奇地傳音道。

幽魂地淵內的幽魂可不是人形，少部分奇形怪狀，大多數只是一團飄蕩的魂體。

還不等王浩查看，又聽到了敖雲光的驚呼聲：「不對，不止一道人影！」

王浩連忙順著其目光望去，只見一道道身高數丈，披著黑色鎧甲，面容模糊的幽魂正排列在黑色的陰風之中，相互之間間隔數十丈，整齊排列，一直延伸到他們的視線盡頭。

「這些幽魂的氣息都好強，至少都是煉虛初期。」王浩雙眼一瞇。

「王道友，這些鬼東西身上的黑甲也不是凡物，好像是以陰氣為材質，以某種特殊手段煉製出來的。」

敖雲光見識非凡，一眼就發現了那些鎧甲的不同尋常之處。

「這裡怕是不好過了。」王浩神色凝重了幾分，光是目之所及，這些黑甲鬼的數量就超過了一千之數。

這是一隻龐大的大軍，讓王浩都十分眼熱，他培養分魂和血屍，耗費了無數資源，幾乎王家的所有修士都為之做出過貢獻，目前也就不到三十頭達到了煉虛期水準而已。

「幽魂地淵恐怕要發生大事了。」

王浩頓時有所明悟，這股力量絕對不是一朝一夕可以培養的，有可能是生活在幽魂地淵內的某「族」，亦或者某位強者的佈局。

目的可能是打破夜叉族的防禦，衝出幽魂地淵，也可能跟他們的目的一樣，都是為了那子虛烏有的冥河。

敖雲光很顯然也猜到了這一點。「王道友，我們來的時機好像不對啊。」

王浩搖了搖頭。

「不，我們來得正好，我們的目的是進入冥河，至於進去多少人反倒是次要的，對方若有妥善謀劃，可以確保萬無一失的進入冥河，相當於幫我們了。」

「嗯？王道友所言倒也不錯，若是他們真的在謀劃冥河，我們混入其中，頂替兩位黑甲鬼，一路上還能順利一些。」敖雲光一點就透，當即認同地點了點頭。

「雖是如此，但並不是最好的選擇，黑甲鬼的數量如此之多，恐怕是被拿來當消耗品使用的，我們頂替黑甲鬼，也得不到太多有用訊息。」

王浩目光看向遠處，黑甲鬼的氣息雖然強大，可看起來半點靈智也無，就是一群炮灰角色，混在其中危險不說，也得不到情報。

「那我們繞過去，找下一個目標？」敖雲光心知王浩已經有了主意，便借勢詢問道。

「這裡陰氣濃郁，先讓陰魂恢復一下再說。」

飄蕩了這麼多天，王浩身邊的陰魂損耗極大，必須適當休整，因此當下他便施法，將周圍的陰氣聚攏過來。

而早在他們穿過光幕時，巡遊在峽谷上空的一名綠衣女子便感應到了什麼，突然停下了遁光。

只見她手掌一翻，取出一個白骨鏡子

「藏兵谷有動靜，莫非有外界的幽魂進來了？」

綠衣女子臉上充滿人性化的表情，沒有尋常幽魂的模糊僵硬之感。

她自語了一句，便化作一道陰風，朝著藏兵谷的谷口疾馳而去。

幽魂地淵之中沒有日月，不知不覺之間，王浩和敖雲光已經在山谷內待了兩日。

為了避免氣息洩露，他們不能隨意出手，更不可能時刻外放神識，這給了綠衣女子靠近的機會。

「奇怪，為何突然來了這個多幽魂，還懂得聚攏陰氣療傷。」

綠衣女子面色古怪，當即施展隱匿遁術，靠了上去。

很快，她就來到距離王浩不到百丈的位置，然而就在她要做什麼時，一道詭異的力量將其束縛住，狠狠拉了過去。

「嘿嘿，得來全不費工夫，王道友，之前咱們還發愁，這不，有人主動送上門來了，此女應該就是幽魂族的修士，她化形十分完整，身份地位應該不低，可惜修為低了一些。」

敖雲光從陰魂體內遁出，一把將綠衣女子抓了過來，上下觀察著對方，頗為惋惜的說道。

來人要是修為高了，肯定更難對付，但修為太低，知道的消息不多，便沒什麼作用。

「合體鬼物？」綠衣女子大驚失色，一邊掙扎，一邊從腰間取出一枚白色的棋子。

「哼，妳是跑不掉的，別瞎折騰，還能少受一些苦頭。」敖雲光陰笑一聲，抬手丟出一團綠色鬼火。

「住手。」王浩突然開口。

「王道友放心，我只是嚇唬嚇唬她，沒……嘶。」

傳音才傳到一半，敖雲光就哀嚎一聲，白眼一翻，暈了過去。

王浩出手，不是因為別的，正是綠衣女子手中那枚棋子的緣故，這棋子和他之前得到的兩枚，一模一樣。

星落盤是他最大的秘密了，他不想讓敖雲光知曉，只能匆忙出手，觸動留在對方元神中的禁制。

「爛柯棋子竟然不只有兩枚。」王浩心中浮現濃濃的驚喜之色。

爛柯棋子本就是星落盤的一部分，正常棋盤擁有數百枚棋子，在得到星落盤之後，王浩就猜測棋子不止兩枚，已經吩咐族人尋找，可惜一直沒有消息，沒想到在幽魂地淵碰到了一枚。

綠衣女子一直緊盯著敖雲光，自是看到了這一幕，她心中更加驚懼，此地竟然有兩位合體鬼物。

「不好，這兩人絕非地淵內的幽魂，恐怕是來自外界，必須通知婆婆。」綠衣女子心中暗想，當即就將手中的白棋扔出。

然而，白棋自她手中飛出後，卻沒有如她預想般的行動，而是在半空繞了一下，直接飛入王浩的手中。

以王浩的手段，奪取此寶不是難事，但也因此被迫從分魂體內遁出。

「此寶，妳是從何處得來的？」王浩背對著綠衣女子，雙目饒有興致的看著白棋，冷聲問道。

但回答他的卻是一陣沉默，就在王浩不耐煩，準備強行搜魂之時，背後傳來綠衣女子的顫抖的聲音：「你是王浩、王道友？」

「嗯？」王浩急忙轉過身，目光銳利地看向綠衣女子。

「妳是何人。為何知曉王某名號？」王浩語氣冰冷。

開什麼玩笑，他第一次來幽魂地淵，就有人認出了他。他的名氣什麼時候這麼大了？這要是在人族的疆域還算正常，這裡可是夜叉族的核心之地，距離人族的地盤十分遙遠。

「王道友，是我啊，我是曲霜。」見王浩沒有認出自己，曲霜連忙開口，同時左手在臉上一撫，面容一變。

王浩雙目一瞪，立刻露出驚喜之色。「曲霜？妳怎麼在這裡。」

曲霜見狀，懸著的心開始放下，二人實力存在巨大差距，她真的怕王浩把她殺了，畢竟兩人已經三千年未見了。

「王道友，說來話長，可否先解開我身上的禁制，我們找一個安全的地方再說。」

王浩正要點頭，卻突然面色一沉，手中分出一條陰索，將曲霜捆綁起來。他語氣冰冷地道：「曲霜道友的魂魄就在王某手中，怎麼可能完好無損地在這裡。說，妳到底是誰。」

剛才他還抽空查看了一下鬼幡，「曲霜」分明還待在裡面，依舊是渾渾噩噩的模樣。

「什麼？我的魂魄在王道友手中？」曲霜雙目圓瞪，旋即想到了什麼，連忙道：「這麼說來，王道友也找到洛影了？」

聽到對方說出洛影，王浩又遲疑起來。

「裝的還挺像，本座倒要看看妳究竟是什麼東西。」旋即他不斷收緊陰索。

「王道友且慢，我真是曲霜，我知道你的一些秘密……」

曲霜連忙說出了一些陳年舊事，很多事情涉及光淵界，知情的也就他們兩人，接著她又將自己的經歷簡單跟王浩說了一遍。

「妳真是曲霜？那黑棋中的妳又是怎麼回事？」王浩一時間也有些搞不明白了。

根據洛影所言，當年她們二人尋寶遭遇變故，很多記憶模糊不清，再次有意識時，已經被王浩養了多年。

「王道友所說的黑棋，應該是跟白棋的我相對，當年我和洛影就是為了此寶，雙雙隕落，不過也是因為此寶，我和洛影都活了下來。」

曲霜緩緩訴說，王浩眉頭緊皺，隨著曲霜的講述，他才搞明白了緣由。

她們當年確實找到了一批寶物，黑棋、白棋、還有跟著洛影的鬼磨，但這些寶物極其特殊，威力極大，周圍佈置的禁制，以及寶物本身，都不是她們兩個能應對的。

更恐怖的是，這些寶物能吞噬修士的元神。

曲霜死後，元神被幾枚棋子爭奪，物理碎裂成了兩半，一半便是眼前的曲霜，另一半則是王浩手中的「曲霜」，這也是「曲霜」為何總是渾渾噩噩的。

因為王浩得到的那枚黑棋子中只有她一部分神魂，即便王浩費勁心思將其復原，依舊不是完整的。

更讓王浩吃驚的是，這裡還有一位「洛影」，她們被幽魂地淵八層中的一位婆婆所救，用秘法使得她們恢復了記憶，不似其它殘魂那般毫無神志。

王浩一時間有些接受不能，曲霜也就罷了，高階修士本就能分出大量分魂，以一半元神恢復正常，也不是不可能。

可洛影是什麼情況？這裡有一位洛影的話，那跟在王靈兒身旁的那一位是誰？

「難道是鬼磨的緣故？兩枚棋子能分食了曲霜的元神，鬼磨也參與了，也是仙器級別的存在？」

第四章

幽魂地淵內的情況

當年的洛影，還未進階煉虛，元神十分薄弱，被一分為二，還能各自成長，雙雙步入煉虛期，絕對是可以用奇跡來形容的。

關鍵兩個洛影之間，似乎並無感應，也並不知曉對方存在。

這種事，王浩自問是做不到的，這可不是製造一具身外化身，而是元神強行被撕裂，普通人意識瞬間就消散了，根本沒有後續。

同時這也讓王浩對鬼磨和星落盤更加好奇起來，恐怕也只有傳聞中的仙器，才使得二人身上發生了奇跡。

「王道友怎麼來了這裡？你為何又只剩下元嬰，肉身呢？」

雙方確認身份之後，曲霜眼中閃過幾絲詫異，她看得出王浩氣息很強，也不是鬼修的狀態，卻有沒有肉身，很是奇怪。

「王某來這裡是準備辦一件事情，出於無奈，暫時捨棄了肉身，曲道友在這裡生活多年，可否告知王某一些情況。」王浩簡單的解釋了一句，詢問道。

雖然當年二人同時飛升，有些情誼，可畢竟這麼多年沒見了，可不好保證對方一定會幫自己。

「王道友難道也是為了冥河而來？」曲霜眼神一閃，反問道。

「哦，難不成還有人打冥河的主意？」王浩疑問道，心中其實已經有了答案。

曲霜點了點頭，正欲說些什麼，一聲陰冷的笑聲突然從遠處傳來。

「桀桀，本座就說有股香氣，果然沒有出錯。」一道陰風吹來，一位頭生黑角的惡漢遁了過來。

他看向王浩和敖雲光的目光中滿是貪婪，似乎是餓了很久的人看到美食一般。

「曲丫頭，把妳手上的幽魂交給我。」惡漢直接朝曲霜伸出手，命令道，他以為王浩是曲霜捕捉到的幽魂。

曲霜臉色一變，後退兩步，連忙傳音道：「王道友，你快走，此人擁有合體中期的實力，是八層的五大鬼王之一。」

「嗯？還敢抗命，妳以為黃泉鬼婆那老東西能護得了妳？」惡漢見狀立刻面露不滿之色，放出氣息威脅道。

超出一個大境界的威壓，頓時讓曲霜大為難受，身體都虛幻很多。

「惡鬼大人，此幽魂是婆婆命我捕捉，要煉製成幽冥鬼將的，此事關乎大計，還請您慎重。」曲霜連忙解釋道，企圖以黃泉鬼婆的名頭讓對方知難而退。

「哼，一個幽魂而已，有什麼大不了？妳一個侍女，也敢忤逆我？」惡鬼當即語氣一厲，面露凶相地道。

「大人，這座山谷，您應該進不來才對，我師妹呢？」曲霜顧左右而言他，氣勢絲毫不落下風。

她和「洛影」是黃泉鬼婆的侍女，在八層還是有一定地位的，惡鬼的實力不如黃泉鬼婆，且黃泉鬼婆負責之事頗為重要，惡鬼貿然闖入此地，她就不信真的敢鬧起來。

「妳說的是她？跟妳一樣，也忤逆了本大人，罷了，今日本大人心情好，只要妳將幽魂交出來，本大人便放了她。」

惡鬼大手從腰間一拽，一個窈窕的身影浮現出來，正是已經昏迷的「洛影」。

「惡鬼大人切勿自誤，即便大人需要幽魂，也該先問過婆婆才行，大人要不稍等片刻？」見嚇不退對方，曲霜只能儘量拖延時間。

惡鬼自然不想讓黃泉鬼婆知道這件事，他們五人每人都有自己的勢力範圍，他這般闖進來，是理虧的一方。

「哼，既然妳不配合，本大人今日就連妳一起吃了。」惡鬼頓時大怒，一言不合，就打算直接滅了曲霜。

「不好，王道友，快走！」曲霜聞言頓時大急，連忙傳音，同時做出一副拼命的樣子。

「咳咳，二位，你們討論王某的歸屬，是不是該問問王某的意見？」

區區一位合體中期的鬼王，王浩自是不懼的，不過此刻對方握著洛影，他不好直接動手，便打算出言相激。

見王浩開口，惡鬼果然一愣，眼神旋即變得驚喜起來，目光轉向王浩，陰笑地道：「桀桀，怪不得本座覺得你氣息有些不正常，原來不是地淵內的幽魂。」

他上下打量著王浩。「應該才死了不久，身上還有新鮮精血的氣息。」

「曲道友，若妳信任王浩，就請讓洛道友先躲開一些。」王浩一邊觀察著惡鬼，一邊傳音溝通曲霜。

洛影也明白此刻該做什麼，在幽魂地淵內，強者為尊四個字被體現得淋漓盡致，實力弱的被強者吞噬，根本沒地方說理去。

不過一兩句的話的功夫，洛影和曲霜已經悄悄逃離了數百丈的距離，但她們的動作怎麼可能逃得過惡鬼的法眼？

「找死！」惡鬼冷哼一聲，當即就要出手。

「哼，在王某面前，安敢放肆。」王浩輕蔑地呵斥，將惡鬼的注意力拉了回來。

他背後冒出濃郁的陰煞之氣，很快形成一道虛影，正是煞靈。

煞靈一出現，便速度極快地朝惡鬼衝了過去，惡鬼頓時怒火中燒，大手一張，一道鬼影從他袖袍中飛出，鬼影推著一個百丈大的鬼爪抓向煞靈。

然而，鬼爪和煞靈一碰，便發出「轟」的一聲巨響，頃刻間便被侵蝕得一乾二淨，根本沒起到絲毫的阻擋作用。

就連鬼影，也只尖叫了一下，便被煞靈一口吞入了腹中。

煞靈本就是陰煞之氣凝聚而成，對付這些鬼物，不要太簡單。

見此情景，惡鬼當即愣了一瞬，旋即亡魂大冒，臉上沒了之前的凶狠，陰風一吹，便要逃離。

王浩既然選擇了動手，又豈會讓他逃脫？煞靈腳下一動，輕而易舉的追上了惡鬼，只是張開大口，便輕易的將其吞入腹中。

隨著其腹內發出幾聲類似雷鳴的動靜，煞靈的氣息明顯增加了不少。

目睹這一切的曲霜和洛影頓時陷入呆滯之中，畢竟王浩所殺並非什麼尋常豬狗，而是合體期的鬼王，是這第八層的五大王者之一，可卻沒有半點反抗，如同屠豬宰狗一樣簡單。

「王道友，你……」

「果真是王道友？你怎麼來了這裡，是來救我們的嗎？」

剛一開始，洛影就認出了王浩，只是那種局勢下，不好表露，可看到煞靈飛回王浩身邊，她又畏懼地止步不前。

相比較曲霜，她跟王浩自天瀾結識，更加熟悉。

「二位，王某雖不是來專門救妳們的，但也可幫助妳們脫離苦海。」王浩收起煞靈，面帶笑容地回應道。

「王道友，你已經是合體修士了嗎？能輕易滅殺惡鬼，實力應該比他更強吧？」聞言，洛影興奮地問道。

若王浩真是合體修士，帶她們離開並非不可能，她對此自然格外關心。她比曲霜更瞭解王浩，知道王浩的為人，王浩實力強大，卻從不欺凌弱小，也從沒有高高在上的姿態。

哪怕不是朋友，僅僅是認識，只要兩人之間沒仇，在力所能及的情況下，王浩也多半會伸出援手的。

「王某目前只是合體中期的修為，不過神通比同階修士強一點而已，」王浩笑著點頭，謙虛道，他腦海中已經想像到兩位洛影相見後的畫面，應該會十分精彩。

「呃……王道友的本事，我是知道的，合體中期，也完全夠用了。」

洛影回想起兩人初見時，自己明明高出王浩一個大境界，卻依舊被對方逼迫得只能和其聯手。

三人是一起飛升的，且都跟王浩交過手，關於王浩的修為以及剛才所發生之事，她們很快也就接受了。

「王道友，此地不是說話的地方，請隨我來。」

雖然有很多話要說，但剛才發生的事情還是讓曲霜心有餘悸，當即引著王浩向一處隱秘的洞穴走去。

見識到王浩的實力，她們再無保留，將自身經歷和幽魂地淵內的事情全部告知了王浩。

王浩猜得沒錯，幽魂地淵內的強者對冥河也很覬覦。

幽魂地淵的妖物主要有兩種，一種是數量眾多的幽魂，另一種則是數量較少的冥獸。

一開始，這裡只有幽魂，根本沒有冥獸存在，但不知何時，第十層地淵便出現了幽冥之氣，漸漸地，一些獨特的冥獸也出現了。

歷經歲月，冥獸的數量也越來越多，擠佔了幽魂生存的空間，吸收幽冥之氣成長的冥獸，先天就對吸收陰氣成長的幽魂有強大的壓制力。

幽魂中的強者自然不甘心坐以待斃，漸漸也找到了吸收幽冥之氣修煉的方法，這才有合體鬼王的誕生，在這之前，地淵內的幽魂最多成長到煉虛期。

隨著鬼王們整體實力提高，有限的幽冥之氣明顯就不夠用了，它們便開始謀劃進入冥河。

沒人能抵擋晉入大乘期的誘惑，這些合體鬼王被困在這裡，更加渴望力量，他們為了這個目標做了諸多準備。

比如那些幽冥鬼將，就是以煉虛期的幽魂煉製而成的，這也是為何王浩一路上沒碰到多少幽魂的主要原因。

大量幽魂被獵殺，煉製成了幽冥鬼將或是其它形態的器物，幽魂地淵的深層已經快要空了。

便是淺層的幽魂，也消失不少，若不是怕引起夜叉族的注意，它們恐怕連淺層的幽魂也不會放過。

之前惡鬼一副餓了很久的樣子，見到王浩就流口水，其實它是真的餓了很久了，不然也不會冒著得罪黃泉鬼婆的風險強行向曲霜索要。

可惜的是，曲霜和洛影由於修為緣故，只知道大概的計畫，並不知道具體的，她們也只在這附近活動，第九層、第十層的情況，她們更不瞭解。

「看來還是要靠自己啊。」王浩心中感嘆一句，正了正神色。

「二位道友，王某可以帶妳們離開，但不是現在，我需要先去往深層看一看情況，在這之前，最好不要讓幽冥鬼婆知道消息。」

王浩是可以帶走她們，只要打開乾坤洞天，別說是她們，就是這山谷中數不清的幽冥鬼將，也能悉數帶走，但顯然王浩不能這麼做。

二人都是幽冥鬼婆身邊的侍女，她們若是長時間失蹤，必然會引起幽冥鬼婆的懷疑。

惡鬼身為鬼王，死了反而暫時不會有事，畢竟鬼王也經常閉關沉睡，他那些屬下還敢打擾他不成？

幽冥鬼婆實力更強，有合體後期的修為，加上這數不清的鬼將被她控制，王浩可不想跟這種人做對手。

「所以，王某現在不能帶二位走，等搞清楚情況，再做計較。」

王浩給二人解釋了一遍。

「既然王道友已經有了計畫，那我們能做些什麼呢？」曲霜正色問道。

他們初步重逢，本就不可能要求太多，幫著做些什麼，也好提高在王浩心中的價值，不被拋棄。

「做些什麼？也好，妳們可以驅趕一些幽魂前往第七層，製造混亂，我進入時引起了部分骨奴注意，它們有可能會追查，妳們把水攪渾一些，多爭取一些時間。」

王浩想了想道，有二人幫忙遮掩，夜叉族發現他的概率就不大了。

「王道友，我明白了，不過鬼王們都有默契，輕易不會招惹夜叉族的人，所以我們能做的並不多，畢竟我們只是眾多侍女之一，實力有限……」

「無妨，二位就是什麼都不做，也不會影響王某的計畫，正如妳們所言，鬼王和夜叉族之間達成了某種平衡，夜叉族輕易不會派人下來。」王浩聞言卻是輕笑一聲，有些無所謂的說道。

夜叉族就是派遣一些骨奴下來，也奈何不了他。

「王某飛升靈界後，得了一些機緣，方有今日之成就，這裡是一些鬼道功法、典籍，還有這些靈物，妳們煉化之後，修為必然能大為增長。」

王浩取出一枚儲物戒，交給了二人。

她們修為不過煉虛初期，用不著太好的靈物，小冥界的一些陰屬性的靈果、靈藥便能讓她們修為大漲。

「啊這……王道友太客氣了，我們可不敢要。」

洛影查看之後露出訝色，自從被困在幽魂地淵之後，她們可沒有見過這麼多好東西，可越是這樣，她們越不敢接受。

「呵呵，道友收著便是，這麼多年以來，妳們也為王某做了許多事，這些東西，就當作是酬勞好了。」王浩輕笑著，將儲物戒推了回去。

洛影一直守護王靈兒，曲霜也在數次戰鬥中立下功勞，當然，不是眼前的二人，但她們本就是一體，況且這些東西對王浩來說，連九牛一毛都算不上，哪怕沒有功勞，僅僅是故人，對方態度恭敬的情況下，王浩也樂意幫扶一把。

他不是聖母，也沒有那麼樂於助人，而是修仙路遠，故人越來越少，好不容易碰到一位，出手相助，也算完善了道心。

「啊……我明白了。」曲霜愣了片刻，才反應過來王浩說的是什麼。她神色有些不安，想了想，還是開口問道：「王道友，她們還好吧。」

「都好，只要妳們脫離地淵，總有見面的一天，或許能再次合為一體，這對妳們的道途是有好處的。」

洛影是什麼情況王浩暫時搞不明白，但曲霜應該是可以重新合二為一的，畢竟另一位至今都沒有神志。

「多謝王道友，那我們就不客氣了。」

洛影露出狡黠的笑容，以她對王浩的瞭解，送出去的東西斷不會收回去的，從一開始她就知道這些東西必然是自己的。

誰不渴望力量呢？這些靈物可以幫助她們更進一步，說不動心是假的。

短暫的重逢之後，在洛影和曲霜的相送下，王浩再次向幽魂地淵深處進發，這一次他知道了沿途的情況，比以往就順利多了，很快就抵達了一處通往第九層的入口。

至於棋子，他打算暫時放一放，洛影和曲霜手中各有一枚棋子，跟她們性命相連，肯定無法送給王浩的。

據她們所言，黃泉鬼婆的眾多侍女中很多人都擁有棋子，黃泉鬼婆疑似掌握了一小塊棋盤。

星落盤王浩勢在必得，但也不用那麼著急，不能影響目前的計畫。況且黃泉鬼婆擁有合體後期的修為，身邊還有眾多幫手，就算要對付，也要好好準備一番，而不是這般倉促。

黃泉鬼婆暫時逃不出地淵，留給王浩準備的時間還是很充分的。

很快，王浩即將踏足入口，這時，他猛然想起，自己竟然將敖雲光給忘了。趕忙將其從乾坤洞天中放了出來，此刻的敖雲光還在沉睡之中，在禁制沒有消散之前，對方是很難清醒的。

「嗯，這是哪裡？」敖雲光的記憶還停留在昏迷的那一刻，迷迷糊糊地問道，旋即又陡然驚醒，大聲道：「王道友小心！」

見他這般，王浩也搞不清他是裝的，還是真的擔心自己的安危。

「咳咳，道友冷靜一些，我們已經脫險了，這裡是第九層的入口，道友現在感覺如何？接下來的路，王某還全賴你幫忙呢。」

「咦，竟然已經快到第九層了，王道友，老夫這是昏迷了多久？之前到底發生了什麼？」

敖雲光有所懷疑，但並不確定是王浩將他弄暈的，當時他感覺元神受到重擊，瞬間便暈了過去，也搞不清楚是外界攻擊，還是禁制的緣故。

「是這八層中的合體鬼王，說起來也是王某大意了，對方憑藉極強的隱匿神通，潛伏在我們附近，以至於讓道友遭了殃，所以王某暫時放棄潛伏八層的計畫，咱們先去九層和十層看看情況。」王浩半真半假地忽悠道。

「合體期鬼王？有這麼大本事？」敖雲光可不是一般人，當下就有些不相信，他對合體期鬼王可太瞭解了，他那些忠心耿耿的侍女，全被他養成了合體期鬼王……

「唉，要不說是大意了呢，道友有所不知，這裡的鬼王吸食幽冥之氣修煉，比尋常鬼王厲害多了，吶，你看，這是那頭鬼王的天魂晶。」

說著，王浩伸手掏出一物，正是惡鬼的天魂晶，跟尋常墨藍色的天魂晶不同，這一枚天魂晶顏色更加深邃，幾乎完全成了黑色。

「嘶，這枚天魂晶果然與眾不同，看起來魂力也更加厚重。」

敖雲光是有見識的人，而且十分自負，在「證據」面前，比常人更容易忽悠。

雖然他還是有許多不解之處，但王浩不願意說，顯然再問也沒有結果。轉而說起了眼前之事。

「王道友，第八層已經很兇險了，第九層更甚，傳聞裡面有各種各樣的鬼物，咱們下去之後要更加小心，之前的事不能再發生了。」

「王某自然知曉，之前咱們是誤入了一位合體鬼王的地盤，接下來小心一些便是。」王浩立即答應一聲，隨後二人一同遁入了九層入口。

大約一個時辰之後，飛遁中的敖雲光面色越來越古怪，當即傳音說道：「王道友，九層不該這麼空曠才對，我龍族有位先祖曾經進入過此地，根據他留下的記載，這裡應該盤踞著成群的鬼物才對，可我們進入這麼久了，還沒碰到任何鬼物的攻擊。」

王浩自然知道是怎麼回事，幾大鬼王為了能進入冥河，把低階鬼物全部當做材料屠殺了。

當然不可能殺空，過一段時間，地淵之內也會滋生新的鬼物，但密度比之前稀薄了可不止一星半點，數個時辰碰不到，很正常。

「或許有強大鬼王遊蕩過此地，順手將低階鬼物當做血食吞掉了，這樣不是正好嗎，省得我們多費力氣。」王浩隨口給了個解釋。

「有道理，就是不知道那鬼王在不在附近。」敖雲光面露擔憂之色，顯然遭了一擊，對此地的合體鬼王，很是忌憚。

就這般，二人一連飛遁了數個時辰，才穿過通道，抵達了第九層幽魂地淵。

相比較前八層，第九層更加黑暗，幾乎沒有光束。

幽魂地淵之中生長著許多會發光的植物，在地面和頂部岩石層都有分佈，特別是前三層，跟外界幾乎沒多少區別。

但隨著深入，這種植物也越來越稀疏，第九層更是見不到蹤影。即便兩人修為都臻至合體期，也都有法目神通，但在這種環境下，受到的限制也極大。

這可不是單純的黑暗空間，而是附有濃重的陰氣和幽冥之氣，對神識同樣有較大的壓制力。

說實話，這種環境王浩很不喜歡，他強大的神識無法發揮，沒了那種盡在掌握的感覺。

敖雲光小心翼翼地探查了一圈，點頭道：「還好，這九層的情況倒是跟記載沒有多少區別，不過接下來的道路會越來越危險。」

「鬼物的數量是少了很多，但百里之內依舊存在三隻較強的鬼物盤踞，這裡不過第九層，第十層的凶險恐怕還要翻倍。」王浩神色凝重。

「事已至此，王道友可不要放棄啊。」敖雲光可不想半途而廢。

「王某只在決定之前猶豫，既然來了，斷沒有放棄的道理，走，我們遁速慢一些，不要洩露氣息。」

這裡的鬼物即使被清理了一遍，依舊比想像中的要多，王浩不敢大意。

而就在王浩二人在九層慢慢趕路之時，七層與八層的一處通道出現了一位氣息強大的夜叉王。

他叫夜十七，擁有合體後期的恐怖實力，負責鎮守地淵第七層，只不過尋常時候，他都在閉關修煉之中，地淵之內也很少有事，駐守其實是個美差。

他得到骨奴彙報，可能有人潛入了幽魂地淵深處，可他搜尋了一圈，也只找到一些特殊的幽魂。

恰逢洛影和曲霜按照王浩的吩咐搞事，放出了大量幽魂衝擊第七層，被他逮了個正著。

「哼，幾個老鬼又開始不安分了。」

夜十七面帶怒色，當即遁入了第八層，徑直前往黃泉鬼婆的住所。

第五章

十層空間

老。

「夜道友不好生修煉，跑到老身的洞府做什麼？」黃泉鬼婆的聲音陰冷且蒼

夜十七的怒意瞬間被此聲澆滅了許多，平心而論，他沒有戰勝黃泉鬼婆的能力，數萬年時間以來，雙方恪守界限，一直相安無事。

不過此次不一樣，他就是來問罪的，當即怒氣騰騰的道：「我做什麼？道友好意思問，妳手下的人驅趕幽魂，製造混亂，包庇了外人進入地淵，今日妳必須給我一個說法，將她們交出來給我處理。」

說話間，夜十七面前的地面驟然陰氣凝結，片刻便濃郁到仿若水面，映照出一個地宮場景，場景中央的黑石椅上，坐著一位蒼老恐怖的身影。

「還有這種事？」黃泉鬼婆猶疑地問道，心念以往大家相安無事，對方斷不會無理由的找過來，此事多半是真的，但她的屬下，也絕不可隨便的交出去，要不然她鬼婆的威嚴何在？

「當然，我的人察覺有陌生氣息混入幽魂地淵，引得四周動亂，好不容易追查到一些痕跡，卻被妳的人放出的幽魂給攪亂了。」

「是嗎，等老身問一問，若是真的，必然會給道友一個交代。」

黃泉鬼婆見事情不可能善了，只能應了下來。

她查了近期值守的侍女，很快將洛影和曲霜找了出來，而後當著夜十七的面

審問起來。

不過洛影和曲霜早就找到藉口，她們直接承認了下來，不過並不是故意而為之，而是受到了惡鬼的脅迫，被迫放出魂袋內的幽魂，以求活命。

聽二女顫顫巍巍地控訴惡鬼，黃泉鬼婆面色一冷。

「哼，真是反了天了，連我的人也敢威脅。」

一番斥責之後，倒也沒什麼後續了。

黃泉鬼婆絲毫沒有感情的對著夜十七笑了笑道：「道友，事情就是這個樣子，確實是我的人犯錯，但她們只是無心之失，並非有意釋放幽魂，還望道友不要跟她們一般見識。」

「哼，按照道友的意思，此事當作沒發生過？要知道此次是有外人混入地淵，那人可驅動幽魂，發動咒術，險些殺了我一員合體期骨奴！」夜十七當然不可能就這麼算了，頓時雙眼一瞇，很是不滿的道。

「嗯？竟有如此本事，此事確實不算小，不過道友，外人進入地淵雖然不常見，但總有一些膽大包天之徒進來搜尋資源，等他們找到所需之物，自然會離開，道友又何必這般大張旗鼓？」

黃泉鬼婆也很詫異，合體期的骨奴實力還是很強的，特別是這種常年在地淵修煉的，連她們這些鬼王也要忌憚三分。

可大事當前，她並不想節外生枝，且不說究竟有沒有人混入，就算混入了，只要不干擾對方，結下仇恨，對方還能破壞他們的計畫不成？

「話是這麼說，但總不能不管不問吧？」

夜十七皺了皺眉，他也知道這種事不算多新鮮，夜叉族掌控了幽魂地淵，但其內的特殊資源對很多高階修士都有用，他們不肯出高價交易，便只能冒險潛入獲取了。

幽魂地淵的入口是個開放性的空間，哪怕是七階陣法，都無法覆蓋，根本無法阻絕外人進入，反倒是深層區域，兩層之間的通道越來越狹窄，可以佈置守衛把守。

但同樣無法封死，陰氣是自地淵底層流通上來，一旦佈置陣法封鎖，上面幾層就廢了，得不償失。

佈置守衛同樣問題多多，這種事可能幾十上百年都碰不到一次，誰沒事幹整天守著入口？把守的人實力太弱，根本起不到作用好嗎。

以往遇到外人進入，很少有抓住的，多半是不了了之。

可話是這麼說不假，但夜十七也不能什麼都不做。

「道友真要護短嗎？別管事情如何，妳的人終究犯了錯。」

黃泉鬼婆聞言，一雙老眼散發出死亡的氣息，當即冷聲道：「那就責罰她們思過百年好了，道友能否消氣？」

「呵呵，百年……」夜十七冷笑，依舊不滿。

「那道友認為該如何，莫不是要老身真的殺了她們？她們可是負責藏兵谷事宜的，這件大事對我們，對你們夜叉族，都是有利的，道友不怕耽誤大事，儘管處死她們。」

「不過要動手你親自動手，老身可不想動手。」

動手是不可能動手的，黃泉鬼婆只是投了一道影子過來，根本沒打算讓夜十七入內，他還能強闖不成？

雖然達成了默契，但有機會出現，相互廝殺之事並不鮮見，就算對方打開洞府入口，夜十七也不敢進去。

黃泉鬼婆這番話翻譯過來，就是讓夜十七有本事親自來抓兩名犯事的侍女，面子已經給了，就別想要實質性的交代了。

「呵呵，道友言重了，在下這番來也只是通知道友，避免佈置被闖入者破壞，在下洞府中有一爐丹藥煉製到了關鍵之處，就不多留了。」

夜十七並不想跟黃泉鬼婆撕破臉，反正闖入者已經進入了地淵深層，搞出事情，也是黃泉鬼婆等人倒楣，不關他的事。

說罷，也十七身影一閃，消失在濃濃陰氣之中。

此刻，某座洞府內，黃泉鬼婆望著一面寒潭，不禁冷笑一聲，隨後揮手散去了神通。

她轉身看向洛影和曲霜，道：「妳們兩個，老實告訴老身，到底是怎麼一回事。」

「婆婆恕罪，我們也是被逼迫的，那人連惡鬼大人都殺了，我們兩個哪裡敢反抗，只能按照他的吩咐做事。」二人連忙跪在地上，解釋道。

修為差距太大，她們若是全說謊話，顯然不可能瞞過黃泉鬼婆，所以王浩便叮囑她們，可以實話實說，只要隱去他們之間的關係就行了。

反正王浩已經去往深層，黃泉鬼婆就算氣不過，也做不了什麼。

「什麼，惡鬼已經死了？」黃泉鬼婆當即大驚，惡鬼實力遠不如她，但也是近幾萬年八層內的風雲人物，一路殺穿上來的，不可小覷。

二女旋即將事情仔細說了一遍，只言王浩讓她們製造混亂，這才僥倖撿回一條命。

「妳們也是的，那人既然走了，他的吩咐為何要遵從？只要稟告老身，還能護不了妳們嗎？」黃泉鬼婆皺了皺眉頭，儼然已經信了八分。

「回稟婆婆，我們姐妹當時都被嚇傻了，也不知對方還在不在，哪裡敢來找婆婆，而且那人實力太強，萬一婆婆也不是對手，豈不是害了婆婆？」

來。」

「婆婆待我們恩重如山，我們就算自己死了，也斷不能將危險引到婆婆這裡

二女一副忠心耿耿的模樣。

「嗯，還是妳們會說話，算了，此事就這樣吧，不過罰還是要罰的，妳們就去魂獄修煉百年吧。」

「是，我和師妹一定好好修煉，絕不辜負婆婆大恩。」洛影當即行禮應道，心中不由鬆懈了幾分，暗道這次算是過關了。

所謂魂獄，不過是一個囚禁幽魂的地窟，其中有一道縫隙直通地淵深處，可以逸散出濃郁的幽冥之氣。

對於尋常妖物以及沒有辦法煉化幽冥之氣的普通鬼物來說，在這裡無疑是摧殘，過不了多久就會暴斃，留下的精魄或者陰魄珠便是極佳的修煉材料。

但洛影和曲霜早就可以煉化幽冥之氣修煉，說是讓她們面壁思過，其實可以安心一段時間，是一件美事。

轉眼，數月時間便悄然過去了，在幽魂深淵的最深層，也就是第十層，一個黑色的沙漠邊緣，兩道人影正大搖大擺的飛在半空。

這二人正是王浩和敖雲光，有了洛影和曲霜的提供的資訊說明，加上王浩和敖雲光過人的偵查手段，他們安然的突破了第九層，沒有驚動第九層的鬼王，順

利的抵達了第十層。

十層是最凶險的存在，無論是夜叉族還是那些鬼王們，都不敢長時間待在此地，因此這裡是獨屬於各類冥獸以及此地滋生的一些特殊妖物的。

數量之多讓人頭皮發麻，根本無法避開，他們只能一路殺穿，也就沒了隱藏的必要。

好在因為環境特殊，哪怕合體強者的探查範圍也只有百里左右，他們這般舉動，沒有引起太大的混亂。

找到沙漠之後，他們發現這裡的冥獸數量最少，各類鬼物的數量也少，這才改變路線，進入其中。

下方的沙漠中悉悉索索的，不斷有鼓包出現。

突然，沙漠中傳出密密麻麻的黑色蟲子，此蟲圓滾滾的，背部甲殼油光鋥亮，爬動之時發出令人牙酸的「嗤嗤」聲，速度極快。

「該死，這些毒蟲又出現了，這等環境惡劣之地，竟還能生存，真是讓人費解。」

敖雲光面色一變，他們步入沙漠之後，不知道遇到多少種毒蟲了，原本他們都以為這裡沒有生靈存在，都是一些鬼物，可事實上這裡並不缺乏生靈，只是上面幾層，都被夜叉族和高階鬼物獵殺一空了。

「王道友，你還不快走，被這些蟲子圍住就麻煩了。」見王浩正駐足觀察毒蟲，敖雲光催促道。

「無妨，王某手中或許有牠們的剋星。」王浩莞爾一笑，心念一動，將虛元蟲放了出來。

虛元蟲龐大的身軀立刻從半空砸了下去，瞬間壓住一大片黑色毒蟲。跟黑色毒蟲滿身武裝相比，虛元蟲的體態臃腫，皮肉軟乎乎的，好像根本沒有戰鬥力一樣。

但令人意外的是，虛元蟲體表溢出的毒霧，瞬間就將身體周圍的黑色毒蟲消融，化作一股股黑色的毒液，最後被牠大口一張，吞了進去。

似乎是品嘗到了美味，虛元蟲肉嘟嘟的臉上露出驚喜之色，雙眼瞪得老大。

「多謝主人，這裡就交給我吧。」

道謝一聲後，虛元蟲一個衝刺，便紮入了蟲群之中，頃刻間犁出一條黑色的屍體長河出來。

這般吃法，虛元蟲依舊覺得不過癮，身體一抖，肥肉顫抖之間，濃郁的毒霧快速擴散，很快將大片蟲群籠罩。

在毒霧的作用下，黑色毒蟲很快化作了毒霧的一部分，重新被虛元蟲吸收進身體之中。

就這般，虛元蟲肆無忌憚地吞噬起來，不過黑色毒蟲的數量很多，想要全部解決，也需要一段時間。

「啊……這……」敖雲光驚奇的瞪大眼睛，一時間不知道該說什麼，他還未見過毒性如此強大的毒蟲。

那些黑色毒蟲，他之前是出手試過的，便是以合體修士之力，也很難破開背後的甲殼。

「王道友這靈寵是從哪裡來的，為何老夫從未聽聞過此等神通的靈蟲？」敖雲光臉上帶著求知欲，曾經身為龍族的重要人物，他不知道的靈蟲還真沒有多少，哪怕沒見過也在典籍上看到過相關介紹。

王浩心道你當然沒聽聞過，這可是他和家族搜集了數百年，總計超過了一萬種毒蟲，又經過秘法培育，優勝劣汰，又歷經數百年才培育出來的神蟲。

光是毒液就能融開虛空，而並非天生的空間神通，僅這一點，就足以排進所謂的天地靈蟲榜前十了。

「沒什麼，此蟲就是毒性強了一些，可能是王某不計成本飼養的緣故吧。」王浩顯然不會把秘密告知對方。

敖雲光略微有些失望，但顯然也知道王浩不會輕易告訴自己，當下轉移了目光，認真觀察起來。

片刻之後，他還真有一些發現。

「王道友，這種蟲群一般都會有一隻實力強大的母蟲存在，可為何這麼久了，不見母蟲蹤跡呢？」

「嗯，也不算多奇怪，母蟲雖強，可也存在致命弱點，就是壽命短暫，或許剛好死了，而新的母蟲還未誕生。」王浩猜測著說道。

十層這麼多特殊妖物，那些鬼王必定會打主意了，弄不好就是它們將母蟲殺了，用來煉製鬼將之類的東西。

說話之間，虛元蟲已經將黑色蟲群吞噬一空，大舌頭來回舔著，一副意猶未盡的模樣。

王浩明顯發現虛元蟲的氣息比之前強大了一些，心中也是微微有些吃驚，他這些年可是沒少在虛元蟲身上傾注心血，各種靈物從不缺少供應。

算成本的話，虛元蟲的花費超過了十位同階煉虛修士。

可虛元蟲的修為就是卡在煉虛後期不動了，他想了多種辦法，都沒有效果，加上五百年來王浩在雷池修煉，也沒工夫幫其找特殊毒物突破瓶頸。

如今吞噬了蟲群，虛元蟲的瓶頸明顯鬆懈了不少，如何讓王浩不驚喜？

顯然此地的毒蟲對虛元蟲也有著巨大的好處，說不定他突破合體大關的契機就在這裡。

「小元，過來。」想到這裡，王浩突然喚了一聲。

「怎麼了主人，我能嗅到遠處還有不少毒蟲的氣息，我可不想回去睡覺。」虛元蟲以為王浩要將他收回去，當即有些委屈的道。

「呵呵，不是讓你回去，我是問你，你覺得自己吃多少可以突破？」王浩神色極為認真，他以往每次餵食虛元蟲，對方給出的都是否定的答案。

「嗯，這些蟲子確實不錯，但每一隻都太小了，想要突破的話，至少要吃下這麼多……」虛元蟲搖著腦袋比劃了一下，留著口水，十分興奮的道。

王浩眼前一黑，要吃下一座山大小的蟲群？開什麼玩笑。

「王道友，我覺得你這靈蟲潛力很高，他既然想吃，你便讓他吃就是了，反正我們時間很充裕，這裡又沒有鬼王和夜叉族的人干擾。」敖雲光突然說道，他其實就想多觀察一下虛元蟲。

「呵呵，那好，那我們便去這沙漠中心，找到更多的毒蟲應該不難。」王浩當即答應下來。

虛元蟲興奮地道了聲萬歲，便主動充當坐騎，馱著王浩和敖雲光前進。

「這些毒蟲儼然是一霸，將整個黑色沙漠據為己有了，這裡除了這種蟲子，再無其它妖物。」敖雲光很是感嘆的說道。

深入黑色荒漠之後，二人遇到的毒蟲越來越多，但也僅是這一種毒蟲而已，再無其它。

「這些毒蟲個體不強，但數量不計其數，若沒有克制手段，合體修士也可能被它們堆死。」王浩同樣目光凝重。

不過王浩是在思考另外一件事情，冥河絕沒有跟幽魂地淵直接相連，要不然夜叉族和鬼王們也不會籌謀那麼久了。

可能只有一道縫隙，或者乾脆是空間通道連接。

根據曲霜給出的情報，存在連接的地方只有幾處，這片黑色荒漠便是其中之一。

進入這裡之後，王浩確實感受到了濃郁的幽冥之氣，但也不能就這麼確定，造成幽冥之氣濃郁的因素有很多，並不一定是入口在這裡。

他需要做的就是儘快驗證一番，找出入口，想辦法進去。

「嘿嘿，這裡的環境，就算沒有這些毒蟲，恐怕也不是尋常鬼物、妖物能靠近的，倒是那些冥獸，無懼這裡的幽冥之氣。」

敖雲光附和一句後，轉而看向遠處正在進食的虛元蟲，道：「王道友，我們雖然時間充裕，可這樣下去，未免耗時太久了，不如老夫出手，將毒蟲全部引出來？」

「道友一路辛苦，這種事還是讓王某來吧。」王浩客氣地回應，拒絕了。

「王道友這是還不信任老夫啊。」敖雲光下意識的先是一愣，隨後苦笑道。

「王某並無此意，只是單純覺得將毒蟲引出來並無什麼大用，反倒超過了小元的實力範疇，容易出事，既然要幫忙，就乾脆一步到位。」

「好吧，那道友請吧，根據老夫預測，此地存在溝通冥河通道的可能性不小，道友的動作小心一些，避免引起意外。」敖雲光叮囑道。

當年真龍一族來幽魂地淵，同樣是為了尋找冥河，雖然最終沒能如願，但並非一無所獲，瞭解了不少訊息。

第十層中有各類天材地寶，很多都是冥河才有之物，說明此地被冥河影響極大，必然是存在通道的。

「不用道友提醒，王浩不會耽誤大事的，不過還請道友先回乾坤洞天內休息一陣。」王浩吩咐道。

敖雲光皺了皺眉。「王道友就這麼不信任老夫？」

「不是不信任，而是怕傷到道友，你若不願回去就躲遠一些，以免被王某的手段傷到。」王浩皺眉道。

王浩除了幫虛元蟲收集毒蟲，還有對此地進行一次探查，兩件事一起做，動靜不會小了，敖雲光此時只有元神在，確實在附近，難免受到波及。

聽王浩這麼說，敖雲光就不樂意。「王道友的擔心多餘了，老夫還是有些自保的手段的。」

好言難勸想死的鬼，王浩無奈地搖頭，念頭一閃，便扔出一套陣旗，插入四周的地下深處。

隨即，他手掌一番，就將一個金色葫蘆取了出來，此物正是他培育多年的玄天靈根——玄天金藤結出的果實所煉製，王浩為之取名「玄天金葫」。

這五百年，他可不單單是閉關淬煉法相，而是一心多用，順便將這件至寶煉製了出來。

由於是在乾坤洞天之中煉製，倒沒引起什麼動靜。

每一件玄天之寶出現，都會引起各方爭奪，王浩不會輕易讓外人發現玄天金葫，不過現在是在幽魂地淵之中，此地又被妖蟲霸佔，方圓數百萬里無人煙，倒也不用擔心洩密。

感受到玄天金葫強大的靈力波動，敖雲光面色驚訝。

他其實之前就猜測王浩可能掌握了玄天靈根的消息，因為王浩曾向他索取玄天之寶的煉製方法，只是沒想到王浩這麼快就將寶物煉製出來了。

「敖道友，你確定還要待在附近，要是性命不保，可不要怪王某。」見對方望著玄天金葫怔怔出神，王浩不由無語地提醒道。

聽聞此言，敖雲光頓時就不開心了，好傢伙，寶物煉製的方法還是我教你的，看看怎麼了？

危險？他好歹曾經也是大乘期修士，是強大的真龍一族核心成員，可不是什麼廢物，當年全盛時期，就是肉身硬接玄天之寶一擊，也不是多大的問題，怎麼可能隨隨便便就性命不保？

不過心中雖然這麼想，他還是退到了數里之外，畢竟王浩已經提醒兩次了，可能真的會有危險。

儘管王浩覺得還是有些近了，但他也懶得再提醒對方，當即目光一凝，運轉起通寶訣。

對於玄天之寶，敖雲光雖然從未擁有過，但很是了解，也正是如此，他才沒那麼懼怕，畢竟，寶物再厲害，也是要修士驅使的。

修士本身修為不高，寶物再好，也發揮不出多少威力，就比如說同樣一件通天靈寶，在化神修士和合體修士手中，發揮的威力可謂天差地別。

化神修士耗費半數法力，也僅能發揮出下品通天靈寶三成左右的威力，而合體修士隨手一揮，法力幾乎沒有波動，就能發揮出十成十，甚至十成以上的威力。

不過很快，他的神色就是一怔，望著巨大的葫蘆有些失神。

那葫蘆一開始是金色的，但漲大之後很快有了變動，一個巨大的八卦圖案浮現在葫蘆下肚之上，周圍的濃郁的陰氣開始被抽動，和葫蘆中流出的金色靈力交匯在一起，在八卦之上形成一個不斷旋轉的陰陽魚。

「這寶物，內部刻畫了陰陽大陣嗎？竟有這種功效。」

一瞬間，敖雲光就起了貪念，若能得到一件玄天之寶相助，他殺回龍宮的成功率會大很多。

不過他很快冷靜下來，現在他可沒資本跟王浩翻臉，況且玄天金葫已經融入了王浩的精血，他即便奪過來，也無法發揮其威力。

「這小子秘密不小，乾坤洞天、玄天之寶，還白手起家，建立起了一個龐大的家族，假以時日，必然是人族的一方巨擘。」

敖雲光越想越多，恨不得立刻找王浩問個明白。

可就在這時，金黑兩道刺目之極的靈光便突然射來。

「啊！該死，痛死老夫了！」

敖雲光下意識的一擋，手臂上便瞬間燃起詭異的兩色火焰，感覺自己馬上就要被融化一般。

來不及多想，他立刻朝身後遁去，一口氣跑出數百里，才敢回頭看究竟發生了什麼。

只見天空中多出了一輪金黑兩色的太陽，此刻明顯金色更加多一些，黑色被擠成了一個月牙狀。

太陽散發出無盡的光和熱，頃刻間便將方圓數萬里的荒漠籠罩，從中心位置開始，地面急速融化成赤紅色的岩漿，眨眼睛便形成了數千里的岩漿湖。

第六章

冥河

「見鬼，這寶物怎會如此？要不要這麼誇張！」敖雲光感覺自己的世界觀都要崩塌了，開始懷疑自己原本的認知。

作為強大的真龍一族核心成員，他可是早早見過玄天之寶的。

更讓他百思不得其解的是，王浩是如何做到短時間內就激發此寶的？

要知道任何品階的法器，本身多半是沒有任何力量的，所有力量都是來自修仙者，法器的作用只是將修仙者的法力轉換成各種類型的攻擊，最多起到一些擴大和增幅的作用。

按照目前的威力計算，王浩激發此寶，抽空法力估計都是不夠的。

「這小子還有隱藏。」敖雲光的雙目變得幽深起來。

對於敖雲光的反應，王浩自然沒功夫關注，他此刻正全神貫注，往玄天金葫中灌注海量的法力。

這對於普通修士來說很吃力，不過王浩的法力本就比尋常修士深厚得多，他現在不說比肩大乘初期修士，但也不差多少了。

不過論對法力的操縱能力，他還是遠遠比不上大乘期的修士，所以此刻灌注如此巨量的法力，是極其冒險的，一個弄不好就會失控。

雖然就算失控，他最多損傷一些元氣，玄天之寶比較特殊，也不會受到多少損傷，但一場大爆炸是避免不了的，到時候，恐怕整個幽魂地淵都要被震動。

冒險，卻十分有必要，這片荒漠的面積太大了，慢慢尋找探查，不知道要猴年馬月才能找到通道。

而且通道很可能是遊走的空間裂縫一般的存在，並不是固定一地的，不同時掌控整座黑色荒漠，他很難將隱藏極深的通道找出來。

畢竟要是那麼容易的話，冥河也不會那麼神秘了，黃泉鬼婆等人恐怕也早就進入冥河了。

這般做還有一個好處，王浩可以順帶將隱藏在沙子下面的毒蟲盡數抓出來，讓虛元蟲一次性吃個痛快。

虛元蟲若能晉入七階，對他的幫助將不會如現在那麼雞肋。

王浩最為期待的就是虛元蟲化形之後的樣子，畢竟現在這種肥嘟嘟的肉蟲形象，看起來是半點戰鬥力也無……

「雖然第一次操作玄天金葫，但並沒有生疏之感，那就開始吧。」

感覺注入的法力已經足夠，王浩開始按照計畫，催動玄天金葫發出震盪。

只見，龐大的玄天金葫開始震動起來，金色的陽光灑滿大地，忽明忽暗，明的時間較長，暗的時間較短，一股龐大的陰陽之力籠罩了整片荒漠。

明暗交錯之中。所有的一切都被陰陽之力感觸，任何縫隙都被填滿。

「轟隆隆！」大地震顫，也隨著玄天金葫震動起來，地面陡然翻湧起來，大量泥土湧向高空。

中心處徹底融化為一座巨大的岩漿湖，而較遠些的位置，山傾地陷。

敖雲光就如同一粒塵埃一般，被這股龐大的力量裹挾進了泥土之中，還好他及時催動法力，穩住了身形。

「這小子恐怕煉製出了一件不得了的玄天之寶啊！」

敖雲光狼狽不已，但卻雙目含光，他的計畫就需要王浩足夠強，這樣才能幫到他。

至於王浩太強了，會不會出現其它問題，那是奪回西海龍宮之後要考慮的事情。

「為了給靈蟲找吃的，竟然要將數億里的荒漠翻一遍，真是夠奢侈的。」

同時，敖雲光也驚嘆王浩的手筆，尋常合體修士絕不會這般浪費自身法力。

話音未落，敖雲光便發現玄天金葫又出現了變化。

這一次是明暗一起出現，形成交錯的格柵狀，好似一個篩子一般，將浮在半空中的泥土、砂石以及毒蟲區分開來。

敖雲光已經說不出話了，他修仙以來，還未見過這般使用玄天之寶，別說玄天之寶，就是一件法寶，誰吃飽了撐得這麼玩？

下一刻，天地猛然震動，天空下起了泥石雨。

敖雲光面色一變，怪不得之前王浩讓他躲遠一些，被篩子篩過的「垃圾」自然不能一直用法力維持，及時丟棄才能減輕負擔。

然而現在明白已經太晚了，便是以合體修士的遁速，也跑不出安全範圍了。

「苦也……」不等說完，敖雲光便感覺數座大山規模的土石方猛地向自己砸來。

所幸這些都是沒有法力加持的普通土石，敖雲光修為高深，除了狼狽一些，倒也沒受到實質性的傷害。

等他從泥土中爬出來時，便見到王浩和虛元蟲站在一座巨大的黑色蟲山之前。

「哇，真的是一座蟲山，主人真的太好了，我一定不辜負主人的期待！」

「咳咳，你個吃貨收著點吧，平日臭著一張臉，有了好處又裝作這幅乖巧模樣。」王浩毫不留情地拆穿了虛元蟲的偽裝。

這小蟲子奸詐得很，根本不像外表那般憨憨的。

「主人可不要冤枉我，在兄弟姐妹中，除了丫丫姐姐，也就我最聽話了。」

「少廢話，趕緊去吃，本座只給你三天時間，吃不完就別吃了。」

王浩面色一冷，虛元蟲縮了縮脖子，當即漲大身形，一頭跳入了蟲山之中，大快朵頤起來。

敖雲光落到王浩面前，神色明顯沒了之前若有若無的傲氣，別管王浩將玄天之寶打造成了什麼樣子，但其爆發的威能都是合體修士難以承受的，運用得當，恐怕大乘修士也要遭重創。

「王道友，這麼大動靜，不會引來麻煩吧？」

「沒事，我用玄天金葫在外面設了一層結界，傳出去的動靜不會太大，這裡過幾天也會恢復。」

王浩先是微笑著應了一聲，而後看了眼身旁足有萬頃的岩漿湖。

「敖道友，看你的狀態似乎不太好，不如先回乾坤洞天休息吧，王某要搜尋一些材料，枯燥得很。」

王浩吩咐道，語氣帶著不容拒絕之意，接下來他要做的事，可不會輕易讓敖雲光看到。

對方慫恿他來找冥河，必然有某種目的存在，王浩可不會讓對方知道通道所在。

他剛才一舉消耗了半數法力，成功找到了一條奇特的空間裂縫，很可能是溝通冥河的所在，準備去驗證一番，自然不好讓敖雲光跟著。

除了那條不斷逸散幽冥之氣的裂縫，他還發現另外幾道特殊的空間裂縫，以他的經驗判斷，其背後可能另有空間，同樣是值得一探的。

不過這幾條空間裂縫都極為穩固，想要拓寬到能進入的程度，也不是一件容易的事情。

即便王浩擁有玄天靈寶，也很難做到，但他也不打算全憑自身之力，他打算先佈置陣法試試，若不行，大可以計畫一番，借助幽冥地淵內部的力量，也就是黃泉鬼婆等合體期鬼王。

空間通道之中往往存在劇烈的空間風暴，不過只要不是特別倒楣，煉虛修士也能在其中存活。

王浩就更不擔心了，他煉體有成，如今還有玄天金葫防身，幾乎萬無一失。

於是接下來的數日，王浩先是取回肉身，接著命令靈蟲靈獸們四處搜集資源，自己則專心恢復狀態。

丫丫、小嬋沒有跟著王浩，但他身邊也不缺幫手，養育的各類靈蟲能化形的已經不少，乾坤洞天之中更是有一支司職種植經營的族人可以驅使。

剛才翻動荒漠之時，他找到不少有意思的靈物，需要全部尋回來，萬一無法進入冥河，這些靈物也足以延長他陰陽失衡的時間。

這可是大乘修士都不敢久留的第十層，天材地寶眾多，也正因為如此，才滋生了大量的怪異妖物。

用了幾天時間恢復巔峰實力，而後，王浩便開始在那道空間裂縫周圍佈置陣法。

此行雖然倉促，但王浩也做了大量準備，當時也預測需要陣法之力，為此攜帶三套不同作用的大陣。

不過半月時間，他就將數百面陣旗和陣盤佈置到了相應位置，形成一座大陣。

隨著陣法啟動，方圓數萬里被隔絕開來，天空中編織著一道道靈光，那些原本微不可查的空間裂縫，漸漸顯現出來。

很快，王浩便看到了那條緩緩冒著黑氣的空間裂縫。

「是這一條嗎？」王浩面帶疑惑，有幽冥之氣，通往的不一定是冥河。

王浩法訣一掐，陣法之力凝聚，很快這條空間裂縫越長越大，從只有二尺多長，拉長到了一丈，並開了三尺左右的寬度。

「小白，你們守在這裡，注意陣法外面的動靜，避免有人靠近。」

「是，主人。」

交代一聲之後，王浩一把撈起吃飽喝足呼呼大睡的虛元蟲，飛身遁入了裂縫之中。

因為幽冥之氣的原因，這一條空間裂縫與旁的明顯不同，其內的空間通道黑暗無比，伸手不見五指，而且通道並不長，王浩之飛遁了不過半盞茶的時間，就找到了通道的另一頭出口。

他沒有急著進入，而是通過出口靜靜觀察。

這裡湧入的幽冥之氣非常濃郁，便是王浩，也感覺元神刺痛，不施法抵擋的話，很快就會受到影響。

仔細聆聽，能聽到若有若無的流水聲，除此之外，再無其它聲音。

「黑漆漆地，什麼都看不清楚。」王浩搖了搖頭。

他施法一點，一個光球出現在手指上。「我說，要有光。」

光球穿過細小的裂縫，極速落入黑暗之中，隨著王浩法訣一掐，綻放出耀眼的白光。

「嗯？這就是冥河嗎？怎麼是灰色的？」看著一條毫無生機、流淌緩慢的大河，王浩面色詫異。

關於冥河的記載不多，進入的人少之又少，一些傳聞根本不真實。

冥河的河水一點生機也無，看著渾濁不堪，也看不出有多深。

河面上時不時地有一股黑色寒風吹過，詭異的是，這些寒風沒有聲音，也不能引起河水半點波動。

「死寂，若在此修死亡之道，必定事半功倍。」王浩心生感嘆。

按照傳聞所言，修為不足的人踏入冥河，一入水三魂六魄就會被河水捲走，隨後化為一具陰屍。

這聽起來很可怕，不過王浩本就修五行陰陽大道，卻是自信能夠抵禦這河水的，不過還需要研究一番。

人還是要有敬畏之心的，緊靠一條細小的空間通道，逸散的幽冥之氣便造就了幽魂深淵的生態，冥河的強大毋庸置疑。

況且，其平靜的河水下面，未必就同樣平靜，這裡不知道有多少危險，生活著多少強大的妖魔。

「離開還是試一試？」王浩自語，神色凝重。

按照他的計畫，這一次就是來看一看，確定冥河是否真實存在，而後等做夠充分準備之後，再行進入。

不過既然都已經發現冥河了，若不測試一番，豈不是白費那麼多功夫？

外面佈置的陣法，價值百億，還是消耗性的，也就能支撐空間通道開啟兩個月時間，下次想要進入，還需再佈置一座大陣，所以這次僅僅是看一眼，損失太大了。

雖然王浩在第十層收穫十倍於損失，可收穫的那些材料並不是陣法材料，想要再煉製一座同樣的大陣，需要的不僅僅是金錢，還要費功夫收集靈材。

如此想著，王浩催動煞氣緩緩溢出縫隙，而後凝聚成一張大手，朝著河水抓去。

冥河之水是不亞於永生之水的珍貴靈材，王浩凝練法相所需，也正是此水，若能這般輕易取出來，他倒是不用冒險進入其中了。

當然了，冥河之地必然還有其他更加適合凝練法相的材料，但在一切都未知的情況下，王浩不會輕易冒險。

正當他思考之際，煞氣大手已經靠近了水面。

這是凶煞之氣凝成，用來容納冥河之水，最為合適。

可就在這時，只聽「嘩啦啦」幾聲，無數灰色光芒毫無徵兆地從冥河中激射而出，一副要將煞氣巨手刺穿的樣子。

「河水中果然有妖物。」王浩露出不出所料的神情，幽魂地淵有那麼多妖物存在，冥河之中環境差不了多少，豈能沒有妖物生存？

因為環境更加惡劣，相關的妖物恐怕要更強大。

王浩仔細觀察，發現這些灰色光芒是一種長相怪異的魚，體型細長如針，速度極快，牠們應該只是生活在河水表層區域，才這麼快發現了他。

「水是取不得了，那就抓條魚研究。」

王浩冷哼一聲，煞氣巨手引領者灰芒來到裂縫附近，王浩伸出左手，羅剎鬼手張開空間，隨著黑色霞光閃爍，瞬間將數百條灰色怪魚吞沒。

羅剎鬼手又瞬間關閉，縮了回來，煞氣巨手擊向河面，引走了數量眾多的怪魚。

「這裡應該常年沒有人來過，導致這些怪魚的警惕性並不高，很容易就抓到了。」

雖然這些怪魚的威脅不大，連化神修士都能對付，但數量太多，若連續不斷進攻，恐怕合體修士也難以堅持。

總的來說，這種怪魚跟第十層荒漠中的甲蟲有些相似，都是個體不強，但數量眾多，對一切靠近的存在，都有著極強的敵意，不由分說便會攻擊，修士實力足夠的話，還是很容易利用這種特性應對的。

就在王浩準備撤離之時，突然，一股強大的禁制力量傳來，一隻毫無血色的森白大手破開水面，狠狠朝空間裂縫內的王浩抓來。

一瞬間，王浩感覺汗毛倒立，靈覺瘋狂報警。

他明明處在空間通道之中，卻感覺那只大手能隨便破開空間，將他殺死。

森白大手還未靠近，空間通道便發出令人牙酸的擠壓聲，王浩感覺巨力加身，別說移動了，要不是他肉身強橫，此刻已然被空間之力擠碎了。

「該死，這是什麼怪物？」王浩感受到莫大威脅，對方的實力在合體圓滿甚至大乘初期？

來不及多想，王浩連忙打開乾坤洞天，將敖雲光拉了出來。

敖雲光若能處理最好，處理不了，也要先讓敖雲光死，不然萬一他隕落，乾坤洞天必然被敖雲光掌控，王家也危險了。

敖雲光出現在王浩身邊，正想打招呼，突然察覺到了異樣，看到來襲的大手，雙眼一突。

「王道友，老夫自問從沒得罪過你，還幫了你許多吧？你就這麼對老夫？」敖雲光大聲質問。

不過王浩見他的反應，反而安心下來。

「少廢話，既然能處理，趕緊將這東西處理了，否則王某必然拉著你陪葬！」

「嘿嘿，王道友莫急，這中難得一見的妖物，對於你我來說，這可是難得的機緣，不過你要答應老夫，今後不能動不動就將老夫關押起來。」

王浩眉頭一皺，對方這是想要一定的自由了，但此刻他有求於人，也沒有太多選擇。

敖雲光不幫忙，光憑他自己，可能要拼得元氣大傷才能逃脫。

「好，我答應了，只要外界條件合適，王某不會在限制道友。」

王浩模棱兩可道，什麼叫條件合適？敖雲光身份特殊，只要是有外人在場，有被發現的概率，那就不合適。

如此一來，適合敖雲光露面的機會並不多。

時間倉促，敖雲光雖然不滿，但也沒有過多要求，他知道能讓王浩鬆口已經不容易了，要不是局面危險，王浩絕不會答應他。

旋即他身上金光閃爍，一股強大的龍威釋放出來，王浩立刻就感覺四周的壓迫感消解了許多。

原本氣勢洶洶的森白大手為之一愣，而後竟然觸電般的縮了回去。

「咦，還想跑？」敖雲光不慌不忙，手一抬，一支只有箭頭的金色斷箭射了出去。「遇到本座，你還想跑，給我出來！」

隨著一聲大喝，龍威滌蕩四周，金色斷箭化作一道金芒，射入冥河之中。

身處空間通道之中，王浩感覺到一股古怪的震盪穿透了他的身體，但並沒有異樣。

「這是……空間神通和玄天殘寶？」王浩驚訝不已，他著實沒想到敖雲光這老小子竟然掌控了空間神通，怪不得他能從龍宮叛逃出來。

「敖道友，小心一些，別把空間通道弄塌了。」王浩出言提醒道。

對方有空間神通，即便空間通道碎裂，也能重新破開一條空間通道逃走，但王浩明顯做不到。

雖然王浩也能一時間法則拖延，在通道崩潰之前逃離，但花費的代價明顯會比敖雲光高得多。

一旦他元氣大傷，而對方安然無恙，到時候很難壓制住對方，形勢就要逆轉了。

「嘿嘿，王道友莫慌，老夫省的。」

話音未落，冥河中便出來一聲巨響，只見一大片水面突然坍塌了一半，中心處炸出一道千丈高的水柱。

緊接著，一隻模樣怪異，牛頭蛙身的怪物，有些狼狽地從河水中跌落出來。

此怪物身體比例極不協調，牛頭腦袋的直徑有二十多丈，散發著銀色光芒，身體也不過二十多丈，讓人懷疑其能否支撐住碩大的頭顱。

此外，此妖身上到處都是疙疙瘩瘩的，沒有毛髮，眼睛也只有一顆，長在臉上的正中心處，散發著綠色的光芒，怪異無比。

一張巨口中滿是獠牙，橫七豎八地排列著，散發著森寒的光輝。

讓人不適的是兩個耳朵，不似牛的那種大耳，只有兩個黑乎乎的窟窿，根本看不到底。

這還不是最怪異的，怪異的是此妖有四個手臂，分別長在耳根和前胸以及肚皮上。

饒是王浩見多識廣，看到此妖之後，也不禁眉頭一皺，暗道這怪物要是放出去，恐怕光憑長相就能嚇壞一票人。

見王浩驚奇，敖雲光開口介紹道：「王道友，你可記住了，這玩意兒叫做冥鯤，身上擁有大乘後期修士都為之眼紅的靈物。」

「冥鯤？不該叫冥蛙或者其他名字嗎？這玩意跟鯤有什麼關係？」王浩下意識地問道。

但馬上就傳來兩聲類似雞鳴一般的叫聲，讓他的神色怪異起來。

這種怪異只持續了一瞬，王浩就認真防禦起來，冥鯤的叫聲不但能震動幽冥之氣，還可傷人神魂，聽到的瞬間，王浩就感覺暈暈乎乎的。

好在他一向注重自己的元神防護，這才沒造成更加嚴重的後果，反觀敖雲光臉色如常，沒事人一般，可冥鯤針對的明顯是他。

「真龍一族，果然底蘊深厚，真拼起命來，我手中那部分元神，未必能威脅到敖雲光。」王浩心中已然對真龍一族有了新的認知。

靈界的頂級大勢力，絕對不會那麼簡單，更何況曾經爭奪龍宮之主的敖雲光呢？

同樣驚愕的還有冥鯤，牠不過是發現了又陌生氣息出現，下意識的出手，可誰能想到惹到了龍族的人。

牠的諸多神通都被真龍一族克制，根本沒有還手之力。

牠天生就對空間之力有感應，不過掌握的只有皮毛，跟敖雲光相比那是雲泥之別。

被對方用空間神通禁錮之後，牠連逃跑也做不到了。

「哈哈哈，老夫的運氣真不錯，本以為還要費一番功夫，結果你自己送上門來了！」敖雲光滿意的笑了笑，說罷，眼神一動，金色斷箭陡然消失，而後直接出現在冥鯤頭頂。

生死危機面前，冥鯤也是爆發出了全力，周遭的幽冥之氣猛然一顫，飛速在身前凝聚出一面盾牌。

可惜，面對不講理的空間神通搭配玄天殘寶，這一切都是徒勞的，只見金光閃爍，冥鯤瞬間失去了生機。

在冥鯤的屍體跌入冥河之前，敖雲光連續施法，似乎在提取著什麼。

「嘩啦！」一聲巨大的水花聲，冥鯤墜入冥和之中，片刻之後又浮了上來，但很快，一道道手掌和觸角便出現在牠身體周圍，很快將其肢解。

「嘶，這冥河看似平靜，其內卻藏著這麼多兇悍妖物。」

王浩倒吸一口涼氣，默默退後了一步，動手修復起眼前的空間裂縫，以防止這些可怕的妖物突然湧過來。

第七章

心髓液的妙用

敖雲光憑藉空間神通可以對付冥鯤，但不一定能對付其它妖物，剛才伸出來的手腳有數百隻之多，河裡的妖物密度讓人頭皮發麻，要都是冥鯤這等級別的，恐怕只有大乘修士能應付。

王浩和敖雲光都有匹敵大乘修士的能力，但也僅僅是抵擋片刻，時間一長，便會力竭。

冥鯤是被敖雲光克制，才這麼好殺，碰到其它堪比合體後期修士的妖物，他們不一定能打贏。

好在，被動靜吸引過來的妖物都在爭搶冥鯤的屍體，根本沒有注意待在空間通道的王浩二人。

敖雲光已經收回了金色斷箭，在箭頭尖處，有一團深藍色的透明液體，看起來黏糊糊的。

「敖道友，這是什麼東西？」確定妖物不會襲擊之後，王浩的注意力轉向敖雲光手中的靈液。

「嘿嘿，這可是難得一見的好東西，叫做心髓液，只在冥河這等幽冥之地存在。」

敖雲光喜不自勝，左手一抬，一根黑色的小鐵棍出現在手中，鐵棍兩頭明顯都有斷裂的痕跡。

「這是玄天之寶？」王浩訝聲道，雖然殘破，可玄天靈寶獨特的氣息是不會出錯的。

「不錯，這正是老夫找到的一件玄天之寶，原本是一枚完整的金箭，但不知道什麼原因，碎裂了，老夫只得到一部分碎片，並不完整。」

敖雲光緩緩講述著，這些碎片並不是他找到的，而是龍族之人，他用另一件寶物換了過來。

可惜的是，除了最重要的箭頭，還有三枚長短不一的箭杆，接在一起，還不到半支箭的長度，而且這些箭杆斷裂處並不吻合，顯然中間缺失了幾塊。

「道友拿出玄天之寶，跟那靈液有何關係？」王浩皺眉問道，但他看到敖雲光嘴角的笑容，陡然一驚。「你該不會是想將它們接起來吧？」

「哈哈，王道友果然聰慧。」敖雲光大笑一聲，點了點頭。

「不錯，老夫是打算這麼做，哪怕是最低階的法器斷裂，也不可能粘起來，但世界之大，無奇不有，這冥鯤的心頭血就是最好的粘合劑，可以完美修復斷裂的玄天之寶，可惜此獸在外界已經銷聲匿跡，沒想到咱們這麼幸運，剛進入冥河就能遇到牠。」

聞言王浩愣住了，風水輪流轉，前些年還是敖雲光被他的種種手段震驚，今日反過來了。

突然，王浩腦海中浮現了一個想法，玄天之寶能修復，那麼仙器呢？行不行？這一滴心髓液能否將兩塊星落盤連接起來？

但很快王浩又否定了，仙器不是靈界之物，就算能修復，相關方法和所需靈材也在仙界才對，能被靈界之物修復的概率不大。

但試一試總是沒錯的，失敗了不過是浪費一滴心髓液，可一旦成功，星落盤趨於完整，所能爆發的威能必然成倍提升，收益之高是足以讓王浩冒一些風險的。

「即便不能修復星落盤，將斬天刀修復了也是不錯的選擇。」王浩神色凝重，斬天刀只是斷裂成了兩半，修復難度可比敖雲光手中的金箭簡單多了。

想明白這些，王浩當即出言制止道：「前輩請稍等。」

「怎麼了？王道友，老夫救了你不說，這妖也是老夫一個人殺的，你該不是連戰利品也要吧？」

敖雲光露出警惕之色，其它東西也就罷了，心髓液何等物？關鍵此物對他有大用，要是尋常寶物，不用王浩開口，他自己就送出去了。

「咳咳，這個王某也不讓道友吃虧，道友可以提一個條件，或者王某拿其它寶物交換也可。」

王浩面色有些尷尬，奪人寶物，確實不是光彩行徑，他這一生，是曾主動奪過旁人寶物，但次數少之又少，特別是他修為提升上來之後，幾乎沒幹過這等事，因為一飲一啄皆有緣法，做這等違背道心之事多了，最終會應在心劫之上，很多修士無法突破到更高階段，並不是天資和靈物的原因，而是道心。

「這……老夫若是想要回元神，王道友也答應？」敖雲光試探性地問道。

「呃……這個不行，道友要不換一個。」

敖雲光翻了翻白眼，露出一個果然如此的神色，嘆息一聲道：「那道友打算用什麼交換？」

「王某手中有不少上品通天靈寶……」

「老夫不缺少通天靈寶，王道友若是想要，老夫可以送你幾件。」

王浩被噎得不輕，對方曾經是龍族高層，富有四海，幾件通天靈寶，還真算不得什麼。

當年敖雲光就給了他一枚儲物鐲，極大的加快了家族的發展，但顯然敖雲光沒有將所有東西拿出來，恐怕拿出來的只是一小部分。

只是當時王浩對龍族缺乏認知，以為對方已經獻出大部分寶物了。

「我手中有一件斷裂的玄天殘寶，情況比道友的金箭好很多，若能修復，收益自然也更高。」想了想，王浩還是如實說了出來。「至於道友的要求，道友應該也知道有些事王某不可能答應，但有些事，也不是不能商量。」

「你還有一件玄天殘寶？」敖雲光不由加大了聲音，這下又輪到他吃驚了，他本以為王浩是走了狗屎運，僥倖碰到一株玄天靈根，培養成了玄天之寶，誰承想對方還有，而且不難猜測這一件肯定比玄天金葫更早得到。

「王道友莫非就是傳聞中的大氣運者？」

敖雲光看向王浩的眼神火熱起來，就像欣賞一件珍寶一樣。

王浩立刻感覺雞皮疙瘩起了一身。

「道友莫要開玩笑，王某手中的寶物，可都是靠著九死一生得來的。」

敖雲光皺了皺眉，咂摸道：「這不是一樣嗎，歷經危險而不死，還獲得了無上至寶，道友難道就沒聽聞過氣運一說？」

「王某自然聽說過，但氣運一說玄之又玄，王某更願意相信一切都是靠自己的雙手得來的。」王浩臉不紅心不跳的說道。

他這是實話，他跟那些逆天的氣運之子真不一樣，他擁有超出等階的實力，一般不做沒有把握之事，大部分時候都是碾壓對手，看似危機重重，實際上根本威脅不到他。

王浩這個態度，反而讓敖雲光認定了王浩就是氣運之子，他臉色一緩，笑道：「既然道友想要，老夫可以讓出來，條件嘛，老夫還沒想好，就先記下，等將來老夫想好了再說，道友也不用擔心，老夫不會提出讓道友為難的要求的。」

氣運一說，信則有，不信則無，但歷來能證道大乘的大修士們，或多或少都有點氣運加身的情況，特別是人族中最著名的一位大乘修士——姜修凡，此人散修出身，一路開掛一般，僅用不到萬年時間就證道大乘。

關鍵是其從未借助過旁人的力量，直到成為大乘修士後才開宗立派。

說他沒有氣運，恐怕沒幾個會相信。

在外人看來，王浩的成長之路跟當年的姜修凡是有些像的，只不過王浩早早的立下傳承，發展家族，不像姜修凡一路東奔西走，不是尋找機緣就是躲避仇家，從未停歇過。

有了這些代表人物，修士更加相信氣運一說。

敖雲光自然也不例外。

「王道友，心髓液可以給你，但你那件寶物老夫要看一看，老夫沒有旁的意思，你對此物不瞭解，修復寶物可能沒那麼順利，不如讓老夫幫你。」

王浩皺眉道：「在這裡修復？」

他們現在可是處於空間通道之中，下面還是埋藏了無數恐怖的冥河。

「嘿嘿，王道友不用擔心，很簡單的，老夫還能做沒有把握的事不成？」敖雲光面色輕鬆。

王浩沉默片刻，點了點頭，一翻手，將斬靈刀拿了出來。

得到斬靈刀已經三千年了，王浩也曾設法修復，可惜根本做不到完美修復，修復玄天之寶需要用玄天靈物，若真有玄天靈物，拿來直接鍛造一把新的玄天之寶不更好？所以這種修復方法，很是雞肋。

他目前，也是將刀柄和刀刃強行連接在了一起，與原本斷刀的威能而言，提升極其有限。

看到斬靈刀，敖雲光雙眼一亮。「這把刀至少是一件中品玄天之寶。」

玄天靈寶一般不分品階，因為數量太少了，一界之中都沒有多少，按照玄天靈根的生長速度，數萬年才會出現幾株，按照一百萬年的存量計算，也就不到一百之數。

況且玄天靈根若不被發現，錯過成熟期，是無法再被鍛造成玄天之寶的，存量有多少，誰也說不準，再加上每一件玄天之寶的作用不同，都有獨到之處，品階自然也就沒有刻意劃分了。

不過由於修士習慣了給法器定品階，還是有人根據玄天之寶的名氣，神通等特點，劃定了品階。

但這對其擁有者並不重要，因為就算手持上品玄天之寶，也不一定能戰勝另一位擁有下品玄天之寶的修士。

「敖道友，這把刀可否修復？這把刀跟王某的一位摯友性命相連，若無把握，還請不要輕易嘗試。」

王浩沉聲道，天成子現在對他的幫助越來越小，但王浩可不會過河拆橋，拋棄天成子。

「王道友儘管放心，你是不知道心髓液的妙用，不然根本不會有這種不必要的擔心。」

敖雲光說罷，雙手掐出一串法訣，斬靈刀的刀柄和刀刃同時泛起了一閃一滅的靈光，而後，他將那黏糊糊的心髓液放入斷口處。

起初，二者的頻率還有細微不同，但很快就保持了高度一致。

王浩看著心中一驚，暗道神奇。

刀柄和刀刃原本還有一個巨大裂痕，斷口似乎缺少了一些碎屑，並不完全重合，與嚴絲合縫差了極多，顯然當初斷裂時還有細小的碎片崩碎，遺留在嚎哭鬼淵了。

可惜王浩和天成子都沒有注意這一點，當初他們也不知道斬靈刀還有修復的可能。

但無論缺失了多少，似乎都不影響修復進程，王浩清楚地看到，斷口正在一明一暗之間，不斷融合。

敖雲光又是一道法訣打出，心髓液綻放微弱的靈光，迅速融入斷口之內，隨即，刀柄和刀刃同時微微震動起來，只是片刻便徹底連接在了一起。

一瞬間，其內部好似也互相貫通了一般，斬靈刀立刻泛起了刺目的靈光，過了好一會兒才平息下來。

「王道友，成了，你看看。」敖雲光哈哈一笑，將斬靈刀推到王浩面前。

王浩大為震驚，但也不禁欣喜起來，旁人擁有一件玄天殘寶都是奢望，他如今擁有了兩件完整的玄天之寶。

他端詳了片刻，問道：「敖道友，如此連接在一起，對其威力沒有影響嗎？」

「王道友放心好了，雖不是能達到完美無瑕的地步，但也能有完整時威力的八成左右。」

敖雲光知道王浩在擔心什麼，當即揮手讓他安心。

「八成威能？」王浩眉頭一皺。「不是說已經被種下烙印的玄天之寶，旁人使用只有最多三四成威力嗎？」

「呵呵，那只是尋常，還是有些手段能最大限度地發揮玄天之寶的威力的。」敖雲光輕笑一聲。「王道友不妨先看一看，這把刀內部的神識烙印還在不在。」

「嗯？莫非……」王浩聞言一驚，當即將神識探入斬靈刀內部，之前那種阻礙感已經消失，這分明就是一把新的武器。

「心髓液修復的可不止外表，其內部的各種暗傷也被修復，同時一些不屬於法器本身的禁制、烙印也會被清除掉，王道友，只要你種下烙印，這把武器現在是真正的屬於你了。」

王浩聞言怔住，今日真是驚喜連連，隨即他想到了什麼，當即將神識湧入斬靈刀內。

「王道友悠著點，要是出了事，這空間通道就要崩塌了。」敖雲光頓時被嚇了一跳，要不是已經建立了足夠的信任，他剛才險些要逃。

這種「未認主」的玄天之寶是極其危險的。

王浩卻是眉頭緊皺，一言不發。

「完了，天成子的烙印也沒了，豈不是說，天成子可能消失？」

早年他跟天成子亦師亦友，後來修為超過天成子，對方也在研究一道上幫助他很多，相當於他的「修仙實驗室」的助理研究員。

要是這麼被自己不經意之間給害死了，王浩心中還是十分愧疚的。

「王道友，你這是怎麼了？」見王浩神色變動，敖雲光不由問道。

「沒什麼。」王浩擺了擺手，心中默默嘆息了一聲，想著天成子神魂趨於完整，就算沒了斬靈刀支持，應該不至於就魂消魄散。

「哦，王道友，事不宜遲，這裡危險這麼多，你不如儘快種下神識烙印，也好能發揮此寶的神通。」敖雲光沒有多問，一副很知分寸的樣子。

「呵呵，說起來這次都要多謝敖道友，王某說話算話，今後道友的要求只要不過分，王某都可以答應。」

王浩對敖雲光的性格也有所瞭解，他表現得越乖巧，反而越危險。不過按照二人最初達成的共識，在現階段，敖雲光是不會針對他的，最多設置一些陷阱，但也是為了長遠考慮，而不會影響現在。

「王道友客氣了，這都是老夫應該做的。」敖雲光同樣深知王浩的性子，虛偽地說道。

「那我們先回去吧，此番弄清楚了冥河確實在這裡，咱們好好準備一番，下次再進入。」

王浩肯定不會在空間通道之中完成祭煉的，有一位擅長空間神通的老鬼在身邊，他心中不踏實，還是先出去，將對方關起來，再行祭煉，妥帖一些。

敖雲光從善如流，沒有反對，二人撇了眼冥河，當即掉頭離開。

回到黑色荒漠之中，讓敖雲光回到乾坤洞天之後，王浩立刻布下幾道禁制，開始了祭煉斬靈刀。

不過他一番嘗試，卻無法在斬靈刀上留下痕跡。

「玄天金葫是我親手煉製，用精血澆灌，從開始就性命相連，無需種下烙印，而斬靈刀卻不同了，此刻相當於一把無主的玄天之寶，這等級別的存在，想要煉化恐怕要費一番功夫。」

王浩思索片刻，也沒有太好的辦法。

「看來我的神識強度依舊不夠，只能用強了。」

王浩集中神識，狠狠催動，也只在斬靈刀內留下了一道微弱的烙印。

即便如此，他也立刻感應到了斬靈刀跟自己有了聯繫，明悟了幾種妙用。

斬靈刀本就不凡，只是斷刀狀態就能劈開空間，如今合二為一，又被王浩種下烙印，威力更勝從前。

「敖雲光擁有空間神通，恐怕對空間法則也有極深的瞭解，這把刀同樣擁有空間神通，用來對付敖雲光，或許有奇效。」

王浩喃喃自語，有了應對方法，他的心中總算踏實了一些，可惜的是，敖雲光已經知曉了斬靈刀存在，必然會有所防備的。

斬靈刀幾種妙用都跟空間有關，最簡單的是就是可以隨著王浩的念頭，出現在一定範圍內的任何地點。

若肯花費一些代價，王浩還可以憑藉跟斬靈刀的聯繫，完成移形換位。

這種神通其實很多法器都有，很是實用，不僅可以用來跑路，還可以給敵人致命一擊，比如斬靈刀攻擊受阻，便可以將王浩換過去，無論用出何種手段，必然能讓對方來不及改變防禦。

其二是凝聚空間之力，劃破虛空，同樣可以用來跑路，也可以用來防禦，讓來襲的攻擊盡數被空間吞噬。

這種神通王浩和天成子都發動過，不過以往發動一次，往往都需要耗費二人半數法力，極不方便。現在就不同了，王浩只需尋常一揮，不用耗費太多法力，便可破開面前的空間。

第三種就比較霸道了，他全力催動之下，可以粉碎一片空間，敵人若是待在此片空間內，立刻就會被空間風暴吞沒，除了大乘修士，其他人沒有活下來的可能。

因為不同於尋常鬥法時破開的空間能瞬間癒合，玄天靈寶由於其托生於天道的特殊性，撕裂的空間，天道也無法在短時間內彌合。

「如此一來，虛元蟲的最大用處就沒有了，這小子要是再敢偷奸耍滑，就必須給他點顏色瞧瞧了。」

王浩在虛元蟲身上的投入十分巨大，跟收益根本不成正比，但沒辦法，他對虛元蟲寄予厚望，融開空間的能力獨一無二。

當然了，虛元蟲依舊值得培養，跟斬天刀算是互為備份，雙重保險。

「破天梭倒是全無用處了。」王浩頗為喜新厭舊的道，空間寶物十分稀少，任何一件都價值連城，王浩就算用不著，也可以給家族的其他人使用。

破天梭只是一件較為尋常的寶物，在低等介面破空無往不利，但在靈界，介面之力更強，就比較吃力了。

況且，高階修士本身就能在一定範圍內瞬移，破天梭那點距離，還真沒太大作用，這件寶物也就對煉虛期以下修士有比較大的作用，修為高一些，很少能用到。

王浩搖了搖頭，驅散這些雜亂的想法，繼續專心煉化斬靈刀。

剛才他只是留下了一道烙印，想要如臂驅使，還要煉化一段時間。

與此同時，在水月島的某間大殿之中，一群王家修士正慌亂不已，王務青面色難看。

就在剛剛不久，正在跟他們議事的天成子突然毫無徵兆地暈死了過去，他們仔細檢查了一番，卻沒有發現任何問題。

「天老是父親最重要的朋友，我們小時候也經常聆聽天老講道，無論如何，都要將天老救回來，否則我們無法跟父親交代。」

水月島和水明島都是巨型島嶼，擁有一條七階上品靈脈，水明島的發展方向是巨型城池，而臨近的水月島則作為王家最新的大本營所在，以往的大本營青璃島的職能會逐漸轉移過來。

因此，王務青、王務晴等管理人員，此刻都在水月島忙碌。他們今日就是商議幾座功能性山峰的建立等事，但人剛剛聚齊，天成子就突然雙眼瞪大，而後直挺挺地暈了過去。

「現在我們連什麼情況都沒搞清楚，不好貿然出手救治，不然恐怕釀成更嚴重的後果。」

王務晴也是方寸盡失，天成子在王家的地位很高，僅在王浩和其幾位道侶之下，他們不是怕受責備，而是真心不想天成子出事。

「咳咳，我這是怎麼了？」突然，一道虛弱的聲音響起，眾人旋即看向躺著的天成子，臉上皆是浮現喜色。

「天老，您醒了？您沒事吧？」眾人紛紛關切地問道。

「嗯……老夫也不知道發生了什麼，只是剛才一剎那，似乎有什麼重要的東西被人切斷了，不過你們不用擔心，老夫非但沒有事，似乎比之前更加完整了。」天成子自己也很困惑，皺著眉頭解釋道。

他神魂有缺，正是因為如此，才在恢復修為後，再難寸進。

此次暈厥過後，他感覺自己缺失的那一部分似乎回來了，修為也跟著提升了一些……

第八章 禦魔珠

轉眼間，十年時間就過去了，黑色荒漠內毫無光線，不知歲月，王浩也沒有在意時間。

祭煉玄天之寶，容不得他分心馬虎，況且區區幾年時間，對於現在的他來說，也不算什麼。

經過十年的祭煉，他總算掌控了斬靈刀，能發揮出一半威能了，距離完全掌控，依舊很遙遠，需要較長時間的祭煉。

顯然，王浩不可能長時間待在這幽魂地淵之中，按照他一開始的計畫，此行最多耗時幾十年，如今已經用去了十幾年，家族那邊還在戰爭狀態，他不可能一直不回去。

當然了，也不用太著急，事情一步一步的來。

他將斬靈刀收起，旋即進入羅剎鬼手的鬼蜮之中，開始對冥河之水進行研究。

在吸入一些怪魚的同時，一部分冥河之水也被吸進了羅剎鬼手之中，數量不多，但也足夠他研究一陣，搞清楚其中的秘密所在了。

但一步入鬼蜮中，王浩就訝異的輕「咦」了一聲，這段時間，他專心祭煉斬靈刀，倒是沒注意羅剎鬼手，其中竟也發生了不小的變化。

天空依舊懸著一顆冥日，散發著濃重的死亡氣息，地面有一層厚厚的灰色霧氣，比之前明顯濃郁很多。

地面上多出了一條蜿蜒的小河，河水渾濁不堪，不過比冥河中的水要清一些，像是被稀釋了十倍左右的樣子，之前王浩捕捉到的數百條怪魚就在河中遊蕩著。

相比較之前，鬼蜮空間可謂大變，陰氣濃郁了許多，還多出了不少幽冥之氣。

「這是冥河之水帶來的變化？」王浩眉頭微皺。

羅剎鬼手關押著魔魂，雖然這些魔魂如今對王浩沒有了威脅，可它們依舊很難殺死，若羅剎鬼手崩潰，將是一個巨大的麻煩。

王浩觀察了一陣，鬆了一口氣。

「還好沒有引起魔魂的禁制崩解。」

思考片刻，王浩也有些了悟，冥河之水恐怕不是隨便什麼容器就能夠承載的，來到鬼蜮後，立刻開始侵蝕這裡的環境。

但羅剎鬼手是用真靈羅剎鳥的一塊皮煉製的，強度很高，冥河之水也無法將其蝕穿。

可能經過一段時間的博弈，鬼手、冥河之水、冥日、魔魂，以及那些怪魚等多方之間，形成了新的平衡，才致使鬼蜮空間的環境大變。

王浩不清楚這種變化是好是壞，但就目前的環境而言，更加適合養鬼，雖然他並沒有這方面的需求。

「冥河之水被稀釋了，不過研究起來，也更加容易入門。」

王浩旋即在小河旁盤膝而坐，展開對冥河之水的研究。

幽魂地淵第八層，某座陰暗的地窟中，一大片幽魂正在哀嚎，兩道靚麗的身影正穿梭在通道之中。

「霜兒妹妹，最近的冥風似乎越來越猛烈了，地淵深層怕是出事了，妳說會不會王道友……」

「呵呵，洛姐姐別太擔心了，王道友何等手段？他既然敢前來，必然有十足的把握，不會輕易出事的，或許這冥風就是他故意弄出來的，為的就是方便妳我修煉。」曲霜瞧著洛影擔憂的俏臉，捂著嘴輕笑道。

「也不知王道友經歷了什麼，短短數千年時間，竟然有了這等修為，讓我等望塵莫及啊。」洛影感嘆著道，當年她剛見到王浩時，對方不過一元嬰期後輩，如今卻成了前輩。

「王道友自然非同常人，妳我能飛升也多虧了王道友，如今能夠脫離這座牢籠也要看王道友的行動是否順利，我們唯一需要擔心的就是已經在王道友身邊的分身，若無法融合，今後我們恐怕無法追隨王道友的腳步了。」

曲霜神色暗淡下來，當年元神被迫一分為二，她也淪為了鬼修，想要恢復正常，絕非容易之事。

雖說她現在的狀態也能活很久，躲在這地淵之中更不用擔心雷劫，可又有誰願意這樣活一輩子呢？

「好了霜兒妹妹，這裡實在太吵鬧了，我們趕緊走吧，王道友還等著我們的消息呢。」

洛影更加擔心自己的情況，根據王浩所言，另外一位「洛影」已經成長到了煉虛後期，就算能相互融合，誰是主魂？恐怕她是不佔優勢的。

洛影想起這些就會生出一些莫名的想法，因此不願多談論。

曲霜見狀立馬止住話題，當即速度一提，朝著洞窟深處遁去。

不多時，她們來到一片相對寬敞的地方，她們是黃泉鬼婆的侍女，還是很受信任的，這座關押幽魂的監獄，她們實際上就是管理者，幾乎不會有人來干預她們。

不過此次要做的事情太大，她們依舊萬分小心，在來路上接連布下數道禁制。

在她們面前，是一座巨大的陣壇，陣壇中心，是一口深不見底的黑井，井口正不斷噴吐著可怕的幽冥之氣。

這是這座監獄內冥風的來源地，源自通往第十層的一道裂縫，被黃泉鬼婆以陣法之力溝通，使得冥風能夠吹拂進來，既能關押一些實力不足的幽魂，也可供黃泉鬼婆等人修煉使用。

不過此刻，曲霜和洛影的注意力可不在陣法上，她們對視一眼，曲霜從一個儲物戒中取出一個陣盤和一個金屬球。

金屬球是一頭六階傀儡，其身體內部被佈置了多種陣法，就是一個會移動的陣法平臺。

傀儡撐開身體，曲霜立刻感應了一番，發現傀儡中完好無損，頓時露出了如釋重負的表情。

「還好，沒有被幽冥之氣入侵，王道友竟然連六階傀儡都能製作出來，手藝看起來還很不錯。」

幽魂地淵內環境太惡劣了，傀儡內一般會存在精魄，擁有控制傀儡，這類精魄若是沒有防護，很快就會被幽冥之氣侵蝕，顯然王浩給她們留下的傀儡獸是有這方面的防護的，雖不敢說一定萬無一失，至少可以支撐一段時間。

「此刻正是冥風最強的時候，我們需要等上一個時辰，才是最佳時機。」

她們此刻要做的，就是按照約定和王浩溝通，方便下一步行動。

在這裡傳訊盤、傳影鏡之類的寶物顯然都不能用，使用距離很短，為此，想要溝通十層內的王浩，他們就需要借助這些冥風行走的途徑。

「無妨，我們有的是時間，慢慢等就好。」洛影點了點頭，語氣有些不自信。

按照當年王浩所答應的，只要一切順利，就會立刻來解救她們，但看不到王浩前來，她們心中都不踏實。

畢竟她們只能去選擇相信王浩的人品，她們對於王浩而言，並無什麼幫助，跟王浩的關係也僅僅是「道友」，沒有那麼親密，王浩來不來，全在一念之間。

「王道友是做大事的人，他一向守諾，顯然不會誆騙我們的。」曲霜出言安慰，自己卻也是滿臉的憂色。

氣氛一下子沉重起來，片刻之後，二女相視一笑。

洛影道：「哈哈，王道友前往第十層，此刻或許正在拼命，我們這般擔憂，實屬沒有必要，若是王道友順利的達成目的，肯定會回來接我們的；反之，王道友便可能被某件事絆住了手腳，一時不得空。」

「是啊，我的直覺告訴我，王道友一定能夠成功，畢竟他在下界之時，就辦到過許多不可能之事。」

「嘿嘿，王道友可是輕易滅殺了惡鬼，他的實力不用擔心，即便下方還有鬼王攔路，也不是王道友的對手。」

「行了霜兒妹妹，我們在這裡瞎擔心也沒什麼用，還是快些動手佈置，聯繫王道友吧。」

二女重拾信心，如釋重負地笑了笑。

她們此刻必須有信心，是對王浩的，也是對自己的，因為一旦失敗，迎接她們的就是比死亡更加可怕的折磨。

然而，就在二女準備施法之時，陣壇之中突然傳來莫名的波動，一股濃墨般的液體，緩緩流了出來。

見此情景，二女當即就是一愣，而後面色慘白起來。

「哼，就知道你們兩個小丫頭沒說實話，老身自問待你們不薄，竟然敢吃裡扒外。」

黃泉鬼婆冷漠的聲音響起，同時兩道黑色靈光激射而出，瞬間控制住了二女。

「婆婆，妳聽我們解釋！」洛影頓時大急，連忙喊道。

「解釋，妳們還不夠格。」說罷，黑光一閃，二女的身影瞬間消失。

黑水湖畔，黃泉鬼婆可怕的臉龐上露出一絲貪婪之色。

「哼，竟然敢打冥河的主意，也好，看看誰能笑到最後。」

第十層，黑色荒漠中，空間通道之下，王浩雙手夾著一張剛剛製作出來的黑色寶珠，滿意的點了點頭。

「要不要測試一下？」王浩嘴角帶著笑容。

對於自己的陣道和符道，他還是很自信的，這枚黑色寶珠就是以陣符結合的方式煉製出來的，只要吞下此珠，便可保護元神和肉身，安然渡過冥河。

冥河之地中，冥河之水是最不值錢的靈物，好東西多著呢，王浩當然不滿足於只取一些冥河之水。

關鍵他已經測試過了，冥河之水對他有用，但效果不大，最多算作七階下品靈水，想要用此達到陰陽平衡，他恐怕要煉化數萬斤冥河之水才行。

這顯然會極多的浪費時間，若能找到更高級別的靈物就好了。

「有了斬靈刀，還有敖雲光存在，重新破開空間通道變得簡單無比，如此，倒是可以嘗試一番了。」

王浩喃喃自語，念頭一轉，敖雲光出現在他面前。

「王道友，你不是說過，不隨意將老夫關起來嗎？可你是怎麼做的？」

敖雲光面色不虞，當初二人離開空間通道後，王浩而後不說就將他轉移到了乾坤洞天之中，他連拒絕的機會都沒有。

前腳答應，後腳食言，是可忍孰不可忍。

「咳咳，敖道友誤會了，當時王某急於祭煉寶物，而此地危險，道友獨自一人活動，難免有些不妥，王某也是為了道友的安全考慮。」

「哼，你怎麼想的老夫知道，老夫也不是不能接受，但你至少給老夫說一聲。」

敖雲光怒氣不減，他已經最大限度地做出讓步了，可王浩依舊沒將他的意見放在心上。

「咳咳，敖道友，請不要在意這些細節，王某保證，下一次一定跟道友商議，咱們現在有重要之事要做。」

王浩打了個哈哈，打算將此事揭過。

敖雲光雖然不滿意，但也知道，跟王浩爭執下去，也不會有結果。

他板著臉道：「什麼重要之事？你不是打算回去了，現在我們毫無準備，無法強渡冥河的，你要是聽老夫，就去取了龍族的幾個藏寶大庫，到時候就有足夠的高階材料煉製防身之寶了。」

王浩聞言搖頭。

「不是王某看不起龍族，而是冥河極其特殊，尋常靈材，哪怕高達八階，遇到冥河之水後，也會迅速被溶解，根本起不到作用，想要抵禦冥河之水的侵蝕，就必須用一些特殊的靈材和特殊的手段。」

「再說了，龍族的藏寶庫是那麼容易打開的？要冒風險不說，還要耽誤時間，煉製寶物同樣需要時間，真要那麼做，恐怕要花費幾百年的時間。」

「王道友不會連幾百年都不願意等吧？高階修士，就要耐得住寂寞。」

敖雲光嗤之以鼻，冥河雖然厲害，但他們龍宮也有克制的寶物，可惜他逃出龍宮時，手上並沒有帶走那些至寶。

「嘿嘿，不用那麼麻煩了，王某已經找到了解決之法，只不過需要試一試。」王浩意味深長的看向敖雲光。

「嗯？你這麼快找到了方法？」敖雲光聞言一愣，隨即反應過來，似乎猜到了什麼，後退了兩步。「你這麼看著老夫做什麼？」

「敖道友莫慌，王某還是有自信可以一舉成功的，你知道的，王某在陣、符兩道上都有些造詣，這枚禦魔珠雖然不敢說百分百防住冥河的侵蝕，但保證道友的性命不是問題。」

「而且啟動此寶之後，你也不會有任何不適，道友也說了，咱們應該相互信任，你難道就不信任王某嗎？」

王浩笑著向前兩步，敖雲光實力強大，身上必然有多重保命底牌，讓他來測試，比隨便丟下去一個陰魂或者分身，更加有效。

「呃……這，王道友且慢，要不，讓老夫的侍女是測試？」

顯然，敖雲光不想被當作試驗品，他不是不信任王浩，而是不相信王浩能在這麼短的時間內找到應對之法，並煉製出應對寶物，這也太妖孽了，就算是他，在第一次見到冥河的情況下，這麼短的時間內，也不可能找到安然渡過的方法。

「敖道友，時間緊迫，婆婆媽媽可不是梟雄本色啊，你的侍女沒有肉身，如何測試？王某要觀察效果，也不可能前去，人選只能是你了。」

「你想去冥河，總不能什麼代價都不付出，王某忙活了這麼久，也該你出力了，只要道友幫助王某實驗此寶的效果，王某答應，無論你在幽冥之地找到何等寶物，王某都不會與你爭搶。」

王浩好言相勸，他不是不能威脅，但禦魔珠需要跟元神融為一體才能起到該有的防護效果，需要對方心甘情願，不然對方但凡有抗拒之意，都會極大的影響禦魔珠的效果。

敖雲光聽到王浩的條件，是有些心動的，但也僅僅是心動罷了，那禦魔珠萬一沒有效果，他倒不至於會死在冥河之中，但難免元氣大損。

他本就重傷跌落境界，好不容易才恢復一些，若是再次受損，恢復大乘期修為不知道要何年何月了。

況且，他還擔心被王浩動手腳，萬一自己的元神被徹底控制，淪為傀儡……

「王道友，你確定此寶不會有什麼危害？」敖雲光擔心的問道。

「敖道友，你也別怪王某說話難聽，我有騙你的必要嗎？若有其他人可以幫忙測試，王某絕不會麻煩你，說實話，冥河是你提議來的，王某還怕你有什麼陰謀詭計呢。」

王浩失去了耐心，當即冷聲說道，誰知道敖雲光有沒有掌握其它手段，萬一入了冥河之後就溜之大吉呢？誰也是說不準的。

聽聞此言，敖雲光臉色一黑，正想分辨，但似乎又想到了什麼。

兩人之間就從來沒有相互信任過，他能感覺到，隨著王浩實力的提升，他的重要性也在降低，甚至王浩在極力的甩開他。

若是再猶猶豫豫的話，恐怕就難以仰仗王浩的力量重回龍宮了。

靠他自己？開玩笑，當年他手下一群合體修士，還是輸了，他就算早糾集一幫人馬，又能如何呢？

他需要大乘期強援的幫助，至少在王浩身上是看得到希望的。

「好吧，老夫這身家性命就交給王道友了。」敖雲光心一橫，咬牙道。

此刻不展現自己的價值，王浩來日便會毫不猶豫地甩開他，他雖然有著龍族的傲氣，可手中著實已經沒有太多籌碼可以出了。

「這樣就對了，合作嘛，就該大家都出力，王某煉製了寶物，道友就該冒些風險，總想撿現成的，這天下哪有這麼好的事情？」

王浩點了點頭，手腕一抖，就將禦魔珠祭了出去，並叮囑道：「請道友放開心神，不要抵抗。」

敖雲光不敢怠慢，立刻照做。

禦魔珠一接觸他的肉身，就順暢無比的沒入其中，敖雲光的臉色當即就是一僵，好像失去了生機一樣。

只是片刻，他身上的生機盡數消失，整個人散發著一股陰冷的氣息，就好像一具陰屍一般。

「看起來似乎是成了，目前敖雲光氣息已經十分接近那冥河之中的妖物了，接下來，就該去實地驗證一下了。」

王浩喃喃自語，經過數年研究，他對冥河之水有了足夠的瞭解，不過想要抵禦，還是十分困難的。

於是他另闢蹊徑，仿照捕捉到的那些怪魚，並以牠們的身體為材料，煉製禦魔珠。

怪魚或者說冥河中的所有生物，抵禦冥河侵蝕的方法其實很簡單，就是將元神和肉身深度結合，對抗河水的「勾魂索魄」。

普通修仙者無論走何種路子，走的都是法力和元神融合的道路，通常會生成一個比較特殊的載體，比如人族的元嬰、妖族的妖丹、木族的木核等等，別管是何種形式，本質上是沒有區別的。

各族的功法雖然不相通，卻可相互參考，也正是因為如此。

冥河之水的神通是能勾走修仙者的元神，一碰到此水，元神就會受到一股巨大的吸力，這個時候，就必須催動法力對抗。

顯然，冥河之大，吸力源源不斷，絕非普通修仙者能夠抗衡。

而冥河之水對肉身的腐蝕性反倒是沒那麼強，將元神融入肉身，便可較為輕鬆地抵抗這股力量。

不過這有一個大問題，修仙者的元神絕不可能全部融入肉身，不是做不到，而是一旦元嬰沒了元神控制，法力的組合體便會失去控制。

合體修士的法力何其浩瀚，一旦失去控制，結果是難以承受的，基本跟尋死沒有區別。

所以不能直接模仿，而是要採取方法，做到類似，卻又不可讓法力失去控制。

具體而言，就是逸散部分元神到肉身之中，以禦魔珠為主體，在元嬰周圍形成厚實的防護。

王浩這種方法有個缺點，就是賭冥河之水的穿透力不強，不然就是十層防護，恐怕也是無法對抗的。

「敖道友，你感覺怎麼樣？」看到禦魔珠已經跟敖雲光徹底結合，王浩開口問道。

「我感覺很好，就是身體有些僵硬，不太靈活。」敖雲光毫無生氣的說道，聲音陰冷詭異。

「這是正常現象，道友不用擔心，我們走。」

說著，王浩手中閃現斬靈刀，對了天空輕輕一劃，頓時，空間通道被再次破開。

他提著敖雲光幾步走到另一端出口，直接將其丟了下去，「噗通」一聲，敖雲光猶如一塊石頭一般沉了下去。

不過，也僅此而已了，並沒有出現元神潰散的跡象，就連冥河中的妖物也對他視而不見，當作了同類。

王浩沒有著急，觀察了片刻，直至兩個時辰之後，敖雲光體表才出現微弱的靈光。

這說明禦魔珠的效果已經開始喪失，冥河之水開始勾動敖雲光的元神，敖雲光被迫抵抗，這才發出亮光。

王浩微微皺眉。

「看來禦魔珠的極限到了，要嘛繼續改進方案，要嘛就要在兩個時辰內完成橫渡冥河的任務。」

第一次實驗，不算多完美，但也非常成功了，王浩還是很滿意的。

只要稍加改進，延長一些時間，他橫渡冥河並不是大問題，畢竟他本身就修陰陽五行之道，對冥河之水也有較強的抵抗力。

就算元神完全暴露，也可抵抗較長的時間。

當然了，冥河之中的危險可不單單是冥河之水，還有那些實力強大的妖物，不是萬不得已，王浩不會這麼冒險，反正還有足夠的時間，可以慢慢來。

「王道友，快救老夫離開，老夫已經快要抵抗不住了！」就在王浩總結實驗結果的時刻，敖雲光焦急的傳音道。

「道友莫慌，禦魔珠還能堅持片刻，你且再幫王某做一件事。」王浩慢悠悠地回應道。

敖雲光聞言有些懊惱，暗道自己為何會信了王浩的鬼話，這廝向來不要面皮，趁人之危，得寸進尺……

奈何此刻受制於人，他只能暗罵一通，而後耐著性子問道：「什麼事？」

第九章

血鬼

「在你腰間，有兩個黑色的葫蘆，你將其打開，收集一些冥河之水。」王浩吩咐道，些許冥河之水就讓羅剎鬼手的內部鬼蜮發生了變化，王浩便想著多收集一些。

同時，他也需要更高濃度的冥河之水做研究，這些年王浩對靈子、元子等法力本質的研究已經極其深入，得到了巨量好處，他比同階修士深厚十幾倍的法力，就是因為這些研究，可不單單是功法的緣故。

對煞氣中的煞靈子以及對魔子的研究，同樣讓王浩得到了巨量好處，煞氣法則，魔靈轉換，這些都是具體的好處。

這冥河之水中，王浩感覺到了另外一種力量存在，王浩暫時稱其為濁靈子，並不是死亡之氣中的死靈子，而是渾濁的濁。

王浩猜想，濁靈子和死靈子之間應該是可以相互轉化的，就跟元子和靈子一般，只是轉化的條件和方法目前還沒有發現。

若能將這個解決，這條冥河將是想像不到的財富。

修五行就不可不修陰陽，修陰陽就不可不修生死，而修生死需要的就是純粹的死靈之氣。

王浩現在對自己的規劃已經不再侷限於功法了，而是大道，只要走在正確的大道上，何種功法，都是可以通往終點的。

「王道友，已經裝滿了，快拉老夫上去，那些怪魚過來了！」

下方又傳來敖雲光的驚呼聲，只見平靜的水面出現了波動，一條條針狀怪魚正疾馳而來。

敖雲光收集冥河之水，不可避免地鬧出了一些動靜，加上他的氣息已經洩露，開始被冥河之水侵蝕，被冥河中的妖物察覺也是在早晚之事。

王浩可沒有現在就弄死敖雲光的打算，當即施法將其從冥河之中攝出。

「王道友，你要再晚上一時半刻，老夫非死在下面不可！」

敖雲光心有餘悸，隨著禦魔珠的作用失效，他對身體的控制力也在加強，他分明能感覺到冥河中，是存在大恐怖的。

「別廢話，你的氣息將那群怪物引來了，我們先離開再說。」

王浩張開鬼蜮，直接將敖雲光收了進去，容納冥河之水的兩個葫蘆是他臨時煉製的，支撐不了太久就會被腐蝕，必須儘快轉移到羅剎鬼手之中。

可就在他們離開空間通道，要進入黑色荒漠時，突然一道勁風襲來，王浩迅速抬手，讓羅剎鬼手擋在身側。

只聽「叮」的一聲，一股恐怖的巨力傳了過來，猝不及防之下，王浩一個踉蹌，被砸入泥土中。

好在他的肉身強橫，當下只是悶哼一聲，快速一閃，脫離了險境。

「何妨宵小，竟做這等偷襲之事。」王浩掃向虛空某處，滿眼冷意。

下一刻，一股濃墨般的水流出現，迅速形成一個人影，一位身穿黑袍的醜陋老嫗出現在王浩頭頂上空，正是黃泉鬼婆。

黃泉鬼婆單手一抓，一道鬼爪飛了出來，五指上泛著幽光，傳出厲鬼咆哮的聲音。

聞聽此聲，王浩感覺微微有些心煩意燥。

不過，這一爪在半空中便停了下來，無法寸進，黃泉鬼婆面露詫異之色，驚呼道：「時間法則，道友好本事！」

「道友也不差，若是沒猜錯，道友應該就是盤踞八層的黃泉鬼婆吧？」

之前曲霜二人曾跟他詳細說過幾位合體鬼王的情況，所以王浩一眼就猜出了對方的身份。

而且他猜測曲霜和洛影可能已經被此人所控制，不然對方絕對找不到這裡來。

接連攻擊失敗，黃泉鬼婆沒有繼續攻擊，而是稍微拉開了一段距離，虛空某處閃爍了一下，一位血袍修士現身，他手中拿著一根好似棺材釘一樣的法器，上面滿是血跡。

顯然，剛才偷襲王浩的就是此人。

「血鬼。」王浩目光一凝。「對付王某一個後進之人，二位倒是謀劃周密。」

王浩冷聲一聲，面色變得極為難看起來。

兩位合體後期的鬼王出現，另外幾隻鬼王會不會也在？藏在暗處等待著王浩露出破綻。

夜叉族呢？夜叉族會不會也收到消息了，這都是未知數。

想來，進入冥河的計畫只能暫時中斷了，恐怕依舊想要進來也沒有那麼容易。

「呵呵，道友可不是普通之輩，能輕易殺了惡鬼，我們不得不慎重對待，不過老身很好奇，你是如何收買了老身調教多年的侍女的？」黃泉鬼婆頗為好奇的問道。

王浩微微一愣，瞬間了悟過來，對方怕是也沒有多少準備，不然對洛影和曲霜加以審問，會不明白緣由嗎？

「看來是冥河的吸引力太大，這二人才急匆匆地跑了過來。」

王浩當下有了計較，正好他還缺少一些「試驗品」，未嘗不能利用一下這兩位老鬼。

「鬼婆，別跟他廢話了。」血鬼抬頭輕蔑地看向王浩。「人族小子，本座不想跟你廢話，識相的，將進入冥河之地的方法交出來，本座興許還能讓你死個痛快。」

血袍修士面色冷厲，目露寒光，顯然沒把王浩放在眼中。

惡鬼不過合體中期，而他和黃泉鬼婆都接近合體大圓滿，他們二人聯手，在整個幽冥地淵中都是無敵的。

「呵呵，這位道友未免太自信了一些，在下敢獨身闖地淵，是來送死的嗎？」說著，王浩指尖一動，一道天雷瞬間從血鬼頭頂浮現，轟然炸響。

雖然沒能傷到對方，卻讓其躲避得極其狼狽。

「哼，雕蟲小技，也敢當做談判的籌碼？你以為本座會懼怕雷法嗎？」血鬼面色一沉道。

「呵呵，道友何必強撐呢，你能躲開一次，但你能躲開一萬次嗎？」王浩嘴角掛著莫名的笑容。

「道友何必咄咄逼人呢？我們要想殺你，直接轟碎空間裂縫就是了，還會給你活著離開的機會？」黃泉鬼婆皺眉道。

「我咄咄逼人？哈哈，簡直可笑，二位不由分說便出手，如今反倒是在下的不是了？」

「談判不是這麼談的，要看看自己手中有什麼籌碼，不然在下也只能領教一下二位的高招了。」

王浩也是氣笑了，當然，他也知道是不能跟鬼講道理的。

「哼，人族，無論如何，你今日必死，別白費口舌了，交出進入冥河的方法和身上的寶物，本座給你一個痛快的，否則本座讓你求生不得求死不能！」

血鬼依舊冷著臉道，顯然他跟黃泉鬼婆的想法並不一致。

「呵呵，既然這樣，那就沒得談了？」王浩目光一冷，就要準備動手。

「道友且慢，你就不關心老身那兩位侍女嗎？」黃泉鬼婆威脅道。

「笑話，道友也說了是你的侍女，而非在下的，她們死活與我何干？」王浩冷聲回應，語氣帶著幾分不耐煩，好像根本不在乎一般。

黃泉鬼婆眉頭一皺，以己度人，她也不在乎一些屬下的死活，但她著實也不想動手，要知道她要的是進入冥河之地，而不是跟王浩在這裡鬥法。

「你只需要告訴我進入冥河之地的方法，我便將她們兩個交給你，我那兩位侍女姿色出眾，天資非凡，還是幫到道友的。」

王浩冷著臉，沒有回話，他深知對方不可能輕易地放過洛影和曲霜二人，自己若有絲毫遲疑，會將她們置於更加危險的境地。

今日無論如何，一場大戰是免不了的，不讓對方知曉他的實力，是無法放下內心的傲慢的，根本不可能聽他指揮，老實地做一名「試驗品」。

不過在開打之前，能先將二女救回來最好。

「道友的侍女確實不錯，不過她們可做不得籌碼，我放在大陣外面那頭靈獸呢？」

王浩將小白和一些靈蟲留在了大陣之外，平時若有情況，他第一時間就能支援過去，小白不會出事，但剛才他恰好進入了空間通道，小白無法跟他聯繫。

「你說那只白虎嗎？道友的靈獸倒是不錯，看起來血脈不凡，味道一定很不錯。」血鬼舔了舔猩紅的舌頭。

「可以，就用道友的靈獸交換。」黃泉鬼婆並未搭理血鬼。

若能不冒風險地獲得進入冥河之地的方法，誰願意拼死相鬥呢？況且黃泉鬼婆自信自己和血鬼能夠碾壓王浩，根本不怕王浩搞手段。

畢竟，真打殺了王浩，未必就能得到進入冥河之地的方法，冥河之地對她實在是太過重要了，若能讓她甩開夜叉族和其他鬼王，單獨進入冥河之地，從而證道大乘，整個地淵世界，將是她鬼婆的。

其實進入冥河並不是目的，也不是特別困難之事，難得是渡過冥河，前往冥河之地，他們早先就曾經通過空間通道進入過冥河。

但冥河中凶險實在太多了，他們折損了三人，依舊沒能渡過去，她煉製鬼將，為的就是阻擋冥河中層出不窮的妖物，好在渡河時多保留一些法力。

王浩手中有輕鬆進入冥河之地的方法，或許還有渡過冥河的方法，這才是她所看重的。

有了這種方法，她便不用大張旗鼓地跟夜叉族以及眾多鬼王合作，自己就能單獨進入冥河之地，獨享好處。

儘管也會多出許多風險，但她手底下有數千隻煉虛鬼將，足以應付絕大多數危機。

「我看咱們也別搞得那麼複雜了，這是你的靈獸和老身的兩位侍女，你將方法刻入玉簡拋過來，老身確定無誤之後，便會將侍女和靈獸送還給道友。」

「笑話，不妨道友先送過來，讓王某檢查一下他們身上是否留有妳的手段，確定無誤後，再將方法給妳如何？」

王浩冷笑，這黃泉鬼婆簡直是個缺心眼，虧得他剛才以為對方真心想談判。

「好吧，既然如此，我們一同拋過去好了。」黃泉鬼婆也就出言一試，知道自己不可能占那麼大便宜。

「這才像話，在下數到三，咱們同時拋出手中之物，提醒道友，交換的機會只有一次，可別耍什麼花招，在下的靈獸要是出事了，就沒有談下去的必要了。」王浩冷聲道。

對方必然會在小白和二女身上設下禁制陷阱，王浩需要在短時間內破解，方能保下他們，而這期間，鬼婆和血鬼也會動手。

「哈哈，有趣，鬼婆妳真要跟人族交易？」血鬼呵呵笑著，一副看熱鬧的樣子。

王浩和黃泉鬼婆並不想理會聒噪的血鬼，二人此刻神情專注，都注視著對方，防止對方搞小動作。

「一……」王浩故意拖慢讀數的時間，同時聯繫敖雲光：「敖道友，你拖住那血鬼，鬼婆交給我。」

「王道友，老夫剛在冥河走了一圈，又要幫你抵擋強敵，你對老夫的壓榨未免太狠了一些。」敖雲光頓時苦了臉，叫屈道。

「涉及王某的靈獸，不得不勞煩道友出手了，王某保證，之前的承諾全部生效。」王浩鄭重道，敖雲光很危險，但為了就會小白，王浩也只能先答應了。

敖雲光還是第一次看到王浩這麼客氣，當即神色也鄭重起來。

「既然如此，老夫自當出力，老夫看得出王道友是個重感情的人，也相信道友能夠信守承諾。」

「二。」請了外援，王浩的語氣篤定很多，同時暗自運起法目神通，準備第一時間解決小白三人身上的禁制。

頓時，三人身上的幾處疑點暴露在王浩的視野之中，特別是洛影和曲霜，她們身上本就有黃泉鬼婆的禁制，一個念頭可能就會導致她們魂消魄散。

不過黃泉鬼婆還是輕視了他，設置的禁制雖然獨到，卻也不是多複雜。

短時間內，王浩不可能想到好的解決之道，只有一個粗暴的方法，就是隔開空間，將三人丟入乾坤洞天之中。

無論是多精妙的手段，都擁有距離限制，超過一定距離，即便全力催動，也無法激發禁制，況且三人身上的禁制並不是很精妙，這個方法對於王浩來說，是最簡單可行的。

「三。」話音剛落，王浩就將一枚玉簡朝黃泉鬼婆拋了過去，只是速度有些慢，飛過去要一定時間。

黃泉鬼婆冷笑一聲，隨手一丟，小白如同一顆炮彈一般，帶著極大威能砸向王浩。

二人都沒有指望對方會老實交換，不過籌碼不大，黃泉鬼婆便想賭一把，就算留著她也不認為能威脅到王浩，至少她是這麼認為的，她哪裡知道小白在王浩心中的地位。

王浩眉頭一皺，揮手運起元磁之力，卸掉小白身上巨力，同時身形不斷暴退，拉開與黃泉鬼婆和血鬼的距離。

黃泉鬼婆則是一個閃身，抓住了玉簡，可就在這時，玉簡突然化作一道雷光，轟然自爆。

這道攻擊又急又快，但黃泉鬼婆早有防備，身影一閃，便躲開了攻擊，爆炸只是炸毀了幾道殘影。

「哼，早就看出他不老實了，鬼婆，也就是妳，才會在這裡浪費時間。」血鬼不留情面的嘲諷道。

「區區小手段，也想傷我？現在該我了。」黃泉鬼婆不屑地嘲諷一句，隨後便催動了小白、洛影和曲霜體內的禁制。

在催動玉簡自爆的那一刻，王浩就知道對方也要發難了，二話不說直接打開了乾坤洞天的入口，將三人放進去的同時，也將敖雲光放了出來。

敖雲光直接閃身來到血鬼面前，手中小箭迎空一劃，在血鬼身後劃出一道空間裂縫。

「不好，空間神通！」見此情景，血鬼臉色一變，哪裡還不知道自己二人上當了，王浩有恃無恐的依仗就是眼前之人。

合體修士本就不好殺，他們二對一有十足的把握，但如今是二對二，還是一位擁有空間神通的強手，他們的優勢已經沒有了。

「該死，給我禁！」念頭一閃，血鬼身上散發出滔天紅的發黑的血光，直接封印了周遭虛空。

一般而言，在他的血光之內就是獨屬於他的領域，哪怕是空間裂縫也很難影響。

但顯然，敖雲光非同尋常，手中的寶物也是一件玄天殘寶，那空間裂縫非但沒有癒合，反而越來越大，不斷吞噬他的血光。

「一隻合體期的鬼王，也敢這麼猖狂，能死在本座手裡，你也應該感到榮幸了。」

敖雲光滿臉威嚴，根本沒正眼瞧血鬼，曾經如同血鬼一般修為的屬下，他有十幾位，血鬼給他提鞋都不配。

敖雲光輕哼一聲，空間裂縫爆發出濃郁的靈光，變得更長，且更為穩固。

血鬼沒有料到會這樣，根本來不及再有別的動作，大片血光便被裂縫吸入其中，他本人的氣息隨之跌落了不少。

血鬼連忙施法逃離，才險之又險地掙脫了空間裂縫的吸力。

「玄天殘寶？」血鬼後怕不已，目光凝重地盯著敖雲光手中的斷箭。

另一邊，王浩也跟黃泉鬼婆鬥在了一起，雙方一出手便是最強神通。

黃泉鬼婆黑光一閃，竟然一分為三，凝出三隻烏黑的陰氣大手，從三個方向拍向王浩，試圖將王浩一擊擊殺。

跟合體圓滿境的修士對抗，王浩必然要動用法相了，不過並未動用本命法相，而是率先動用鳳凰法相，身形驟然膨脹了數百倍，化作一隻翼展千丈的玄火鳳凰。

面對陰氣鬼手的攻擊，王浩不閃不避，雙翅一揮，一團赤紅色火焰奔湧而出，與那陰氣鬼手狠狠撞在一起。

「轟隆隆！」巨響過後，是陣陣「嗤嗤」之聲，鳳凰玄火像是被腐蝕了一般，頃刻間便被靈光暗淡。

要知道，王浩使用的鳳凰玄火要比火鳳族的核心修士還要強，竟然還不敵對方的陰氣鬼手。

「幽冥之氣果真有獨到之處，若黃泉鬼婆到了幽冥之地，成就大道，必然能成為一方強者。」

王浩心中給出了評判，黃泉鬼婆常年在這凶險萬分的地淵修煉，可比五行靈族的那些草包強多了。

不過王浩也不是完全的劣勢，鳳凰玄火被腐蝕，同時也在燃燒陰氣鬼手，讓原本漆黑的顏色變得淡了起來。

「果然有些本事。」

黃泉鬼婆面色凝重，她全力出手之下，地淵之內除了那三位特殊的鬼王，還沒有人能這般完好無損的接下來。

但隨後，她面色一厲，磅礴的法力奔湧而出，陰氣鬼手瞬間推進了一大段距離。

王浩不斷振翅，隱隱感覺陰冷的風吹過身體，讓他的身體變得僵硬起來。此外，三隻鬼手上的巨力，也推得他不得不退後了幾步。

玄火鳳凰雖然不是以力量擅長，但變身之後，其力量也不是尋常修士能比的，被人以力逼迫的後退，王浩還是第一次遇到。

王浩咬著牙，面色略帶猙獰，身體一閃，數道翎羽飛出，同時一道雷聲在高空炸響，一道粗大的五色閃電擊向三隻鬼手。

「轟隆隆！」只聽一聲驚天動地的巨響，三隻陰氣鬼手頓時爆碎成了一團陰氣。

黃泉鬼婆顯然沒有想到王浩能爆發出如此手段，臉上閃過一些驚愕之色；要知道，修為別說差上兩三個小境界了，就是差上一絲一毫，也會造成巨大的劣勢。

王浩取得暫時的優勢，沒有絲毫慶幸，反而神色更加凝重，因為他清楚地認識到了黃泉鬼婆的實力，此人若是放到外界，恐怕要殺穿一種合體修士不可。

他當下也顧不得暴露了，法力狠狠一催，便將斬靈刀放出。

只見銀光一閃，斬靈刀便破開了一名黃泉鬼婆面前的空間，一現而出，直奔對方眉心所在。

有了之前的種種，黃泉鬼婆同樣對王浩重視起來，一見王浩動用玄天靈寶，當即打起了十二分的注意，所以，即便斬靈刀速度夠快，她依舊擁有一瞬的反應時間。

只見如墨的陰氣流動起來，這名分身便化作了數道黑色陰絲，分別朝著不同的方向遁去。

斬靈刀斬碎一根陰絲，卻對其他陰絲無可奈何。

尋常修士的分身，是無法擁有本體的修為，可能分化出去後，本體還會弱一些，但黃泉鬼婆不同，這三道身影好像都是她的主身，實力一般無二，也就是說，王浩此刻面對的是三位合體圓滿的修士，並非一位。

這也是他倍感棘手的原因。

他之前以一敵多，或者對抗合體圓滿的修士，都沒這麼兇險過，那是因為敵人給了他分而擊之的機會，現在顯然不同了，黃泉鬼婆可不會給他這種機會。

成功避開這一擊之後，黃泉鬼婆立刻發動了反擊，沒有受到攻擊的分身立刻伸手一指，凝出一滴墨滴。

這墨滴迎風便長，剎那化作一個巨大的墨球，下一刻便朝著斬靈刀激射而去，正好與追來的斬靈刀撞個正著。

二者的接觸毫無聲息，斬靈刀輕易的穿透了墨滴。

「哼，入了老身煉化萬年的穢天陰乳，縱使玄天之寶，也必然被其所汙，片刻就是老身的了！」

一名黃泉鬼婆見狀陰笑道，想到能得到一件玄天之寶，她就止不住的激動，幽魂地淵雖然靈物眾多，可絕沒有誕生玄天靈根的機會。

另外兩位黃泉鬼婆也沒有閒著，從體內一抓，各自抓出一團如墨的陰氣，頃刻間化作兩把黑色巨型長刀。

法力一催，長刀迅速漲大，很快如山岳一般，徑直朝王浩斬去。

獅子搏兔，尚用全力，在地淵掙扎生活多年，黃泉鬼婆可不會幹出半場開香檳的事情。

「今日老身就讓你知道，境界的差距，可不是寶物能夠抹平的！」

第十章

創造合作條件

王浩剛才使出的手段不凡，但威力強的手段往往有很多缺點，比如耗能極大，不能連續發動等等，黃泉鬼婆就認為王浩已經底牌盡出了。

兩把巨大的長刀帶著勁風迎面斬來，尚未落下，狂風便吹得王浩的護體靈光不斷閃爍。

不過王浩卻沒有如同黃泉鬼婆預料的那般驚慌失措，反而恢復身體，面帶興奮之色。

只見其大吼一聲，肉身鼓漲起來，舉起雙臂，一副要用肉身硬接長刀的樣子。

「狂妄，找死！」黃泉鬼婆面色一沉，王浩此舉，無疑是在藐視她。

她當即一掐法訣，幾道黑色的陰絲飛出，那兩道長刀之上立刻多出了密密麻麻的符文，威勢暴漲了五成不止。

不過，就在兩把長刀落下的一瞬間，一陣輕微的空間暴動驟然出現，剛才還一副拼命樣子的王浩瞬間消失。

與此同時，斬靈刀爆發出無數銀光，頃刻間瓦解了穢天陰乳，同樣沒入虛空中，消失不見了。

黃泉鬼婆立刻面露驚駭之色，想也不想，就要阻止王浩。

「嗯？不好！」黃泉鬼婆很快反應過來，身影一閃，朝遠處遁去。

只見王浩的身影在高空浮現，且仍舊在高速飛遁。

他的目標很明確，就是製造時間差，以多打少。

地淵內的鬼王不同於其他合體修士，他們在廝殺戰鬥中成長，能活到現在的，沒有一個簡單的。

黃泉鬼婆靠著特殊的分身神通，面對任何對手都可以實現以多打少，王浩自問短時間內無法戰勝對方，就算重創其一，對方還有兩道分身。

關鍵是他不知道對方是不是還能繼續分化，若能，那一切都是無用功。

穩妥起見，王浩決定先配合敖雲光，擊殺血鬼，之後再面對黃泉鬼婆，他的勝算就大很多了。

而此刻的血鬼已然被敖雲光逼得左支右絀，底牌盡出了。

王浩虛手一抬，斬靈刀便朝其激射而去。

血鬼臉色一變，張口吐出一團血水，血水不斷蔓延，形成一條長河，染紅了半邊天，斬靈刀的速度頓時驟減，散發出的靈光隱隱被壓制得暗淡了幾分。

王浩神色微不可查的變動了一瞬，法訣一掐，斬靈刀靈光一閃，一陣劇烈的空間波動之後，瞬息出現在了血鬼背後。

與此同時，王浩身上閃爍起雷光，速度快到在天空拉出一連串的殘影。

血鬼聽到雷鳴之聲，不用想就知道自己將面對何等強度的攻擊，當即血光一湧，一層層地在身後堆疊防禦，眨眼間的功夫，就在背後堆疊出十道血光閃閃的光幕。

「如此狂妄之輩，留著也是麻煩，本座就先替小白報仇！」

伴隨著王浩的怒吼，一聲震天動地的巨響，十道血光屏障幾乎同時破碎，一把星光大劍淹沒了血鬼的身影。

姍姍來遲的黃泉鬼婆臉色極為難看，連忙加快了遁速。

她能感受到，強大的血鬼已經沒了氣息，她還是低估了王浩，她不想繼續跟王浩鬥下去，但也不想放任王浩得到血鬼身上的儲物鐲。

要知道血鬼跟她一樣，都是地淵內霸主級別的存在，手中寶物無數。

「咳咳。」隨著靈光散去，王浩的身影顯現出來，卻已經是疲態盡露。

剛才那一擊對他的消耗可不輕，既要驅動斬靈刀，還要施展雷遁，同時還要使用各種法則對血鬼限制。

簡單來講，他剛剛瞬間輸出的功率已經超過了他的身體和經脈允許的最大功率，撕裂了許多經脈。

好在王浩身體強橫，不至於造成主要經脈的損傷，但想要徹底恢復，也需要至少數年的修養，短時間內，最好不要再動用這種高強度的手段。

眼見黃泉鬼婆逼近，王浩略微喘息一聲，便朝敖雲光使了個眼色，二人當即衝入因爆炸產生的巨大血泊之中。

閃身來到血鬼屍體旁，王浩一把抓住其屍體，將儲物鐲收入囊中，而後狠狠一甩，砸向疾馳而來的黃泉鬼婆。

「先撤。」占了便宜，王浩也不打算繼續跟黃泉鬼婆拼命，當即身影連閃，頃刻間便出現在數千里之外。

見此情景，黃泉鬼婆沒有立刻去追，神色凝重地看著血泊，嘴角微微彎起。

「終究是外人，不知道這些汙血才是最重要的寶物。」

她正要遁下去收取汙血，卻又停了下來，看向王浩消失的方向。

「哼，只要在地淵之中，你就跑不了，那些老傢伙可都不是吃素的，不過竟然擁有名列神兵榜前十的玄天靈寶，來歷應該非同小可。」

黃泉鬼婆一時間有些遲疑起來，一開始，她以為王浩只是尋常合體修士，來地淵不過是搜尋靈物。

交手之後她才發現王浩的可怕之處，這樣的修士很可能來自某個大勢力，其背後可能有大乘修士存在。

地淵因為其特殊性，其內的合體鬼王是要比尋常合體修士要強一些的，她能清楚的感應到王浩的修為不過是合體中期，距離合體中期巔峰應該都還有一段距離。

先殺惡鬼，可以說是意外，惡鬼可能是大意了。

但剛剛在她眼皮子底下斬了修為和經驗都不差的血鬼，就足以說明其實力了，這樣的人，怎麼可能來自小勢力或者散修呢？

「玄天靈寶非同凡響，消息傳出去，有的是人替我找這小子的麻煩。」

荒漠某處，天空中出現兩道並排的身影。

「敖道友，如何了？」王浩沉聲問道。

「那老貨應該追不上來了，抱歉王道友，此次是老夫失策了，沒想到幽魂地淵內的鬼王這麼難對付。」

敖雲光面色訕訕地解釋道，開打之前他氣勢洶洶，沒想到越打越僵持，到後面隱隱落入下風，若不是王浩前來支援，他可能會身受重傷。

「道友盡力與否，王某還是看得出的，此次不怪道友，是王某這邊沒處理好，倒是消息洩露。」

王浩搖了搖頭，這次還真不怪敖雲光，是洛影和曲霜那邊出了問題。

但也不怪洛影和曲霜，她們實力太弱，黃泉鬼婆若是有心，能有一萬種方法從她們口中知道真相。

說到底是王浩貪心了，要不是他惦念這星落盤，也不會將曲霜和洛影留在八層，根本不會有這一檔子事情。

「不管了，先調整一下，這裡他們比我們熟悉，跑到哪裡都有可能被發現，在這之前，我們要盡可能的療傷，恢復實力。」

王浩當即停了下來，黃泉鬼婆的神通很詭異，能操縱這裡的陰氣和幽冥之氣，而王浩和敖雲光的神識都受到了嚴重影響，探查範圍遠不如鬼婆，其他鬼王估計也有類似的手段，他們只要不離開幽魂地淵，跑到哪裡都沒有區別。

「王道友說得也對，那就等著好了，以我們的實力，未必就怕了他們。」敖雲光雖然遭遇挫折，可依舊嘴硬道。

王浩沒有多言，敖雲光肯定還有底牌存在，只是不想用出來罷了，這說明其底牌也不多了，無論如何，這一次敖雲光也是幫了大忙的，王浩不會追究什麼。

他們只是佈置了一座示警陣法，便盤膝坐地，服用丹藥，專心恢復起來。

不過半天時間，盤膝中的二人突然聽到一聲淒厲的鬼嘯聲。

「二位怎麼在這裡？看樣子傷得不輕啊，要不要來老身的洞府坐坐，老身的洞府還是不錯的，也有多種靈物可供二位使用，能夠早些恢復傷勢。」

黃泉鬼婆的聲音突然響起，天空的中的一片陰雲發生波動，很快黃泉鬼婆便從中走了出來。

「不好，王道友，要不我們破開空間躲一躲？」敖雲光皺眉說道。

「這裡空間極其不穩定，你能保證破開的空間足夠安全嗎？」王浩反問道。要是能這樣做，他早就用斬靈刀破開空間了，但這裡的空間太混亂了，存在多處空間節點，不知道連接著何地。

「要不咱們全力出手，先殺了她？」敖雲光又問道。

他堂堂真龍，什麼時候被人這麼追著跑過……嗯，好像之前就追過，不過那些追他的也是真龍一族的人，而非鬼婆這等出身。

「黃泉鬼婆敢現身，必然又找到幫手了，我們這個時候去和她打，反而會落入了她的算計。」

王浩沉吟一聲，愁眉緊鎖地思索對策。

「王道友，這也不行，那也不行，你到底想如何？要我說，咱們都是想進入冥河之地，目的可能並不相同，為何非要打起來？」

敖雲光稍顯急躁道，有了這些鬼王攔路，他短時間內不可能進入冥河之地。

「你當王某沒想過跟他們合作嗎？可情況你也看到了，雙方互不信任的情況下，如何合作？」王浩無奈道。

至今他已經斬殺兩位合體鬼王，實力足夠讓其他鬼王忌憚了，可想要合作，依舊困難重重。

原因就在於，雙方並不依賴對方，既然如此，幹嘛要合作？由一方獨佔冥河之地的寶物，不好嗎？

想到這裡，王浩突然眼前一亮，似乎抓住了重點。

他看向敖雲光，問道：「敖道友，你修空間之道，全力之下，可否毀了這片空間？」

「嗯？你想幹什麼？毀了空間，我們如何進入冥河之地？」敖雲光頓時就急了，冥河之地中可是存在著讓他恢復大乘修為的靈物，他必須進入其中。

「王道友，你可聽聞過冥河神乳？此靈物就是冥河之地所獨有的寶物，有了此物，你晉入大乘期的希望會大大增加。」

似乎是為了打消王浩的念頭，敖雲光將冥河神乳的消息透露了出來。

「冥河神乳嗎？嗯，王某聽說過一些消息。」王浩點了點頭，他這些年可是閱讀了不少典籍，對各類高階靈物還是有一定瞭解的。

傳聞冥河神乳可以逆轉體質，讓修士吸入更多的天地元氣，如此達到法力倍增的效果。

法力一旦深厚了，對修士衝擊關口，自然是有不小的幫助的。

每一個大的關口，最基礎也是最難的就是法力關，沒有深厚的法力，便會先天不足，就算僥倖渡過法力關，身體也會處於瀕臨崩潰狀態，之後的神識關、雷劫等等多重考驗，也無力渡過。

「王道友既然聽說過，那就應該知道此物的價值，更不應該毀了這片空間了，要不然失去了去往冥河的通道，我們如何去找冥河神乳？」敖雲光耐心地勸解，試圖讓王浩打消想法。

「道友誤會了，王某不是說徹底毀去這片空間，我只是想引起一次大爆炸，讓這裡的空間更加複雜，只有道友這種掌握空間神通，亦或者擁有斬靈刀之類的空間法寶，才可重新破開空間，找到進入的空間通道，如此，我們方能跟鬼王們談條件。」

王浩解釋道，幽魂地淵內的鬼王準備良久，已經想出了多種應對冥河中危機的方法，他們只是差時間準備各類物資，因此他們只想要王浩手中的方法，而不是跟王浩合作。

既然這樣，王浩乾脆毀了目前的通道，鬼王們無法進入，便只能依賴他，合作也就有了基礎。

「可是這樣風險很大，萬一引起劇烈的空間風暴，你我可能會被吹到別處去，這太兇險了，老夫現在的狀態也辦不到。」敖雲光有些猶豫的說道。

「若王某驅動斬靈刀一起呢？道友，該動手時就要動手，這裡不知道存在多少鬼王，真要被圍攻，麻煩就大了，就算你我能逃出去，想要進入冥河之地，不知道要到什麼時候。」

「況且，一旦被他們先一步的進入，冥河之地或許就會被搜刮一空，你這個時候猶豫什麼？」王浩語氣堅定的說道。

「好吧，既然王道友都不怕，老夫也捨命陪君子好了。」敖雲光咬牙答應了下來。

「二位道友，怎麼不說話？只要道友完成之前的交易，將進入冥河之地的方法交給老身，咱們就此別過，大路朝天，各走一邊。」

黃泉鬼婆一邊觀察著王浩和敖雲光的狀態，一邊喊話道，看到王浩的法力依舊深厚，她的警惕性更強了。

有惡鬼和血鬼的前車之鑒，她可不會輕易的接近王浩，王浩那詭異的身法可是比她都要快的，還有那雷法以及可以破開空間的玄天靈寶，都不是她能輕視的。

「呵呵，有什麼好說的，一開始，在下是想與道友合作的，奈何道友一直想獨吞冥河之地的寶物。」

王浩也樂得拖延一些時間，好讓敖雲光準備得更充分一些。

黃泉鬼婆也同樣不著急，她要等的人還沒到，她自己可不會去跟王浩血拼，二人就這樣虛情假意的攀談起來，不知道的，還以為他們是多年沒有見面的好友一般。

「老身還是那句話，只要道友告知安穩進入冥河之地的方法，老身便放道友離開。」

「道友何必在此虛言相欺呢，在下是有些手段，但交出去之後，恐怕會死得更慘，況且，這幽魂地淵之中有實力的鬼王並不止道友一位，合作總要找一個合適的人！」念頭一轉，王浩故意說道。

「哼，地淵內是有不少有實力的鬼王，但能跟老身平起平坐的也就四位，血鬼已經被你殺了，剩下的兩位，脾氣更為暴躁，絕不是最好的合作人選。」

黃泉鬼婆冷哼一聲，似乎對其他鬼王有幾分不屑。

「合作看的是態度，而不是性格，黃泉鬼婆，妳以為貶低他人，就能讓在下選擇跟妳合作嗎？」王浩語氣帶著嘲弄。

就在這時，遠處突然出現一片黑雲，速度極快的飄蕩過來，黃泉鬼婆露出難看的笑容，二話不說，就凝聚出一隻黑色鬼手。

隨即，她輕輕一推，便令鬼手如閃電般激射而出，目標赫然是王浩。

這一擊雖然倉促，可威力不容小覷，顯然，黃泉鬼婆一開始就沒打算放過王浩，只是在等援兵而已。

「呵呵，妳在等，王某又何嘗不是在等呢？」面對這一擊，王浩咬牙冷笑，雙手掐訣，身上迸發奪目的雷光。

下一刻，濃郁到仿若實質的雷光飛出，沒入在他身前遊動的斬靈刀之中。

斬靈刀發出一聲嗡鳴，閃爍出可怕的銀光，那鬼手的速度一下子慢了許多，從原本的快如閃電化作一隻爬行的王八，慢騰騰的。

「王道友，老夫也準備好了！」敖雲光也低喝一聲。

「那就來吧！」

隨著王浩一聲略帶痛苦的怒吼，他身上的法力急速朝斬靈刀中湧去，斬靈刀迸發出前所未有的亮光，一道璀璨的刀光一閃而出。
一時間，命令的銀光將四周照亮，整個黑色荒漠……不，是整個十層區域，凡是被銀光所籠罩的區域，無論是陰氣還是幽冥之氣，都發出劇烈的「嗤嗤」聲。
黃泉鬼婆以及趕來的兩人皆是愣在當場，彷彿被按了暫停鍵一般。
此時，敖雲光刺出一道同樣刺目的金光，金光和銀光交相輝映，同時猛烈地跳動了一下，一道強橫的法則之力頃刻間貫穿了整個幽魂地淵。
一層到十層，瞬間亮如白晝，這片被黑暗統治了無數年的世界，終於得見天日。
「轟隆隆！」爆炸聲後知後覺地傳來，劇烈的空間波動隨之出現。
「不好，快走！」黃泉鬼婆亡魂大冒，想也不想，轉身便逃。
整個幽魂地淵都動亂起來，到處都是幽魂和妖物的哀嚎聲，彷彿來到了世界末日一般。
王浩不知道的是，此次動靜傳播比他預想的還要廣，不僅僅是整個幽魂地淵，幾乎整個夜叉族的地盤都能清楚感知。
而更為讓人驚訝的是，在飛靈族的九黎深淵以及另一處兇險之地——黑域，同樣出現了巨大波動，也迎來了短暫的光明。

九黎深淵某一層，傳來一聲怒吼：「這是誰幹的？本座的血元花全被毀了，讓我知道，一定將他碎屍萬段！」

一名形如枯木的黑袍人憤怒地咆哮著，此人正是九黎深淵的大妖之一——黑木。

幽魂地淵也好，黑域也罷，以及九黎深淵，其深處都勾連著冥河，這也是三處地方環境大致相同的原因。

冥河，其實是濃郁的幽冥之氣、陰氣、濁氣等凝結而成，至於其來源，乃是羅睺一族吞吐修煉所致。

羅睺修煉的乃是死亡法則，其最大神通是絕靈，羅睺體型龐大無比，其體內空間宛如一個小世界，其內毫無靈氣，幾乎是最純粹的絕靈之地，也就在羅睺進食之時，才會出現些許的靈氣。

羅睺以天地濁氣為食物，經過煉化，將其中大部分轉化為死靈之氣，不過羅睺是無法煉化濁氣中的其它部分的，久而久之，這些未被煉化的部分，就形成了特殊的冥水，冥水越積越多，便成了一條長河。

數量少的時候，冥河可以存在任意一頭羅睺真靈的腹中，但數量太多，形成萬丈長河，強大如羅睺，帶著這條冥河也是負擔。

所以羅睺一族每隔一段時間，就會將體內冥水排出，這些冥水彙聚在一起，才形成王浩之前見到的不見邊際的冥河。

冥河流淌在一個特殊介面之中，不過隨著時間積累，難免容量不足，或許是故意的，也或許是無意的，幽冥之氣開始通過空間裂縫，向其它介面洩露，於是就形成了九黎深淵、黑域、幽魂地淵等特殊險地。

這些險地看似不在一處，距離遙遠，卻都能通往冥河，尋常小震動，自然無法波及他處，但此次是空間大爆炸，包括空間通道等一併崩潰，先是波及了冥河，而後經過冥河延伸，這才波及了九黎深淵和黑域兩地。

因此不僅九黎深淵內的妖物被驚到了，便是飛靈族也被驚動了。

九黎深淵一層中的一片黑色山脈中，矗立著一座被暗黑之氣籠罩的巨大祭壇。

祭壇下方，一名身材挺拔的老者正眉頭緊鎖的望著祭壇，他的臉上帶著前所未見的驚容。

與此同時，各地的飛靈族守衛們也察覺到了異常，如此前所未見的驚變，讓他們慌亂起來，紛紛傳訊上報。

做下這等大事的王浩，卻全然不知影響之大，他也沒料到，全力催動玄天靈寶，會鬧出這麼大的動靜。

斬靈刀他還未能完全掌控，便是他自己，也險些受傷，好在此寶沒有器靈存在，不然他此次恐怕要遭到反噬了。

王浩此刻體內法力空空，不過有乾坤洞天存在，即便在靈氣稀薄的幽魂地淵，他也能儘快回復。

感受到空間波動一時半刻的停不下來，這個時候，多動不如少動，邁錯一步，可能就會被捲入空間風暴之中，不說粉身碎骨，也會被吹往他處。

顯然，王浩現在可不想離開，更不想去往陌生的未知之地。

完成了對鬼王們的震懾，那麼接下來的談判毫無意外的便該他主導了。

不過在這之前，還是要先恢復法力再說。

——待續

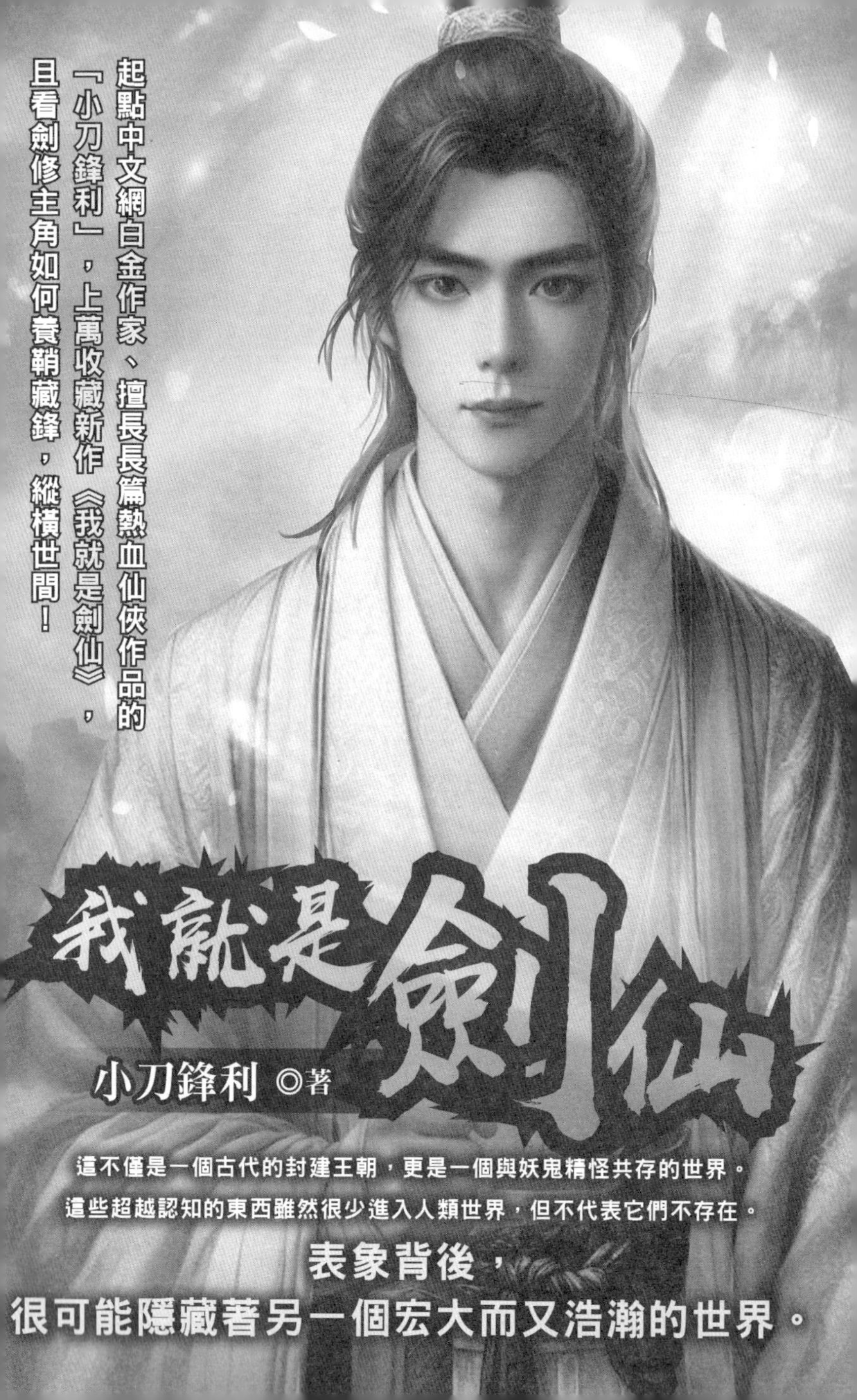
起點中文網白金作家、擅長長篇熱血仙俠作品的
「小刀鋒利」，上萬收藏新作《我就是劍仙》，
且看劍修主角如何養鞘藏鋒，縱橫世間！
我就是劍仙
小刀鋒利◎著
這不僅是一個古代的封建王朝，更是一個與妖鬼精怪共存的世界。
這些超越認知的東西雖然很少進入人類世界，但不代表它們不存在。
表象背後，
很可能隱藏著另一個宏大而又浩瀚的世界。

國家圖書館出版品預行編目資料

修仙農場 / 聽風就是雨作. -- 初版.
-- 飛燕文創事業有限公司, 2022.10-

冊；公分

ISBN 978-626-348-527-3(第52冊:平裝).--
ISBN 978-626-348-528-0(第53冊:平裝).--
ISBN 978-626-348-566-2(第54冊:平裝).--
ISBN 978-626-348-567-9(第55冊:平裝).--
ISBN 978-626-348-568-6(第56冊:平裝).--
ISBN 978-626-348-604-1(第57冊:平裝).--
ISBN 978-626-348-605-8(第58冊:平裝).--
ISBN 978-626-348-606-5(第59冊:平裝).--
ISBN 978-626-348-607-2(第60冊:平裝).--
ISBN 978-626-348-637-9(第61冊:平裝).--
ISBN 978-626-348-638-6(第62冊:平裝).--
ISBN 978-626-348-639-3(第63冊:平裝).--
ISBN 978-626-348-677-5(第64冊:平裝).--
ISBN 978-626-348-678-2(第65冊:平裝).--
ISBN 978-626-348-679-9(第66冊:平裝).--
ISBN 978-626-348-689-8(第67冊:平裝).--
ISBN 978-626-348-690-4(第68冊:平裝).--
ISBN 978-626-348-691-1(第69冊:平裝).--
ISBN 978-626-348-793-2(第70冊:平裝).--
ISBN 978-626-348-794-9(第71冊:平裝).--
ISBN 978-626-348-795-6(第72冊:平裝).--
ISBN 978-626-348-796-3(第73冊:平裝).--
ISBN 978-626-348-797-0(第74冊:平裝).--
ISBN 978-626-348-835-9(第75冊:平裝).--
ISBN 978-626-348-836-6(第76冊:平裝).--
ISBN 978-626-348-837-3(第77冊:平裝).--
ISBN 978-626-348-864-9(第78冊:平裝).--
ISBN 978-626-348-865-6(第79冊:平裝).--
ISBN 978-626-348-866-3(第80冊:平裝)

857.7 111013038

修仙農場 80

出版日期：2024年10月初版
建議售價：新台幣190元
ISBN 978-626-348-866-3

作　　者：聽風就是雨
發 行 人：曾國誠
文字編輯：夜音
美術編輯：豆子、大明
製作/出版：飛燕文創事業有限公司
公司地址：台中市南區樹義路65號
聯絡電話：04-22638366
傳真電話：04-22629041
印 刷 所：燕京印刷廠有限公司
聯絡電話：04-22617293

各區經銷商

華中書報社	電話 02-23015389
旭昇圖書有限公司	電話 02-22451480
智豐圖書股份有限公司	電話 05-2333852
威信圖書有限公司	電話 07-3730079

網路連鎖書店

金石堂網路書店 電話：02-23649989
網址：http://www.kingstone.com.tw/

博客來網路書店 電話：02-26535588
網址：http://www.books.com.tw/

若您要購買書籍將金額郵政劃撥至22815249，戶名：曾國誠，
並將您的收據寫上購買內容傳真到04-22629041

若要購買本公司出版之其他書籍，可洽本公司各區經銷商，
或洽本公司發行部：04-22638366#11，或至各小說出租店、漫畫便利屋、各大書局、金石堂網路書店、博客來網路書店訂購。
▶如有缺頁、破損，請寄回更換！

Fei-Yan 飛燕文創